琼 瑶

作 品 大 全 集

U0624428

还珠格格

第二部 3

悲喜重重

琼瑶 著

作家出版社

琼瑶，本名陈喆，作家、编剧、作词人、影视制作人。原籍湖南衡阳，1938年生于四川成都，1949年随父母由大陆赴台生活。16岁时以笔名心如发表小说《云影》，25岁时出版首部长篇小说《窗外》。多年来笔耕不辍，代表作包括《烟雨蒙蒙》《几度夕阳红》《彩云飞》《海鸥飞处》《心有千千结》《一帘幽梦》《在水一方》《我是一片云》《庭院深深》等。

多部作品先后改编成为电影及电视剧，琼瑶也因此步入影视产业。《六个梦》系列、《梅花三弄》系列、《还珠格格》系列等，影响至深，成为几代读者与观众共同的记忆。

琼瑶以流畅优美的文笔，编织了众多曲折动人的故事。其作品以对于梦的憧憬和爱的执着，与大众流行文化紧密结合，风靡半个多世纪，成为华文世界中极重要的文学经典。

我为爱而生，我为爱而写
文字里度过多少春夏秋冬
文字里留下多少青春浪漫
人世间虽然没有天长地久
故事里火花燃烧爱也依旧

                                复禄

第一章

　　乾隆知道小燕子回宫了，匆匆忙忙问了一下经过，听到小燕子受了好多委屈，真是又惊又怒。一面传旨严办杜老板夫妇，一面就带着令妃和尔康，迫不及待地赶到漱芳斋。

　　"气死朕了！气死朕了！"乾隆一看到小燕子，就气呼呼地嚷着，"哪有这么坏的人，偷了你的东西，扣了你的人，还打伤你，不给你东西吃，逼你做苦工！北京城里，居然有这种丧心病狂的匪徒！朕恨不得马上把他凌迟处死！小燕子，你放心，朕已经传令下去，立刻追查那个坏蛋的各种罪证，一定帮你出这口气！"

　　小燕子看到乾隆进来，就有些心虚，一副准备挨骂的样子。听到他这样说，实在是意外极了，一对眼睛睁得大大的。

　　令妃走过来，怜惜地看着她，拉着她的手，拍着说：

　　"唉，怎么会遇到这样的事？可怜的小燕子，就这么几天，人都瘦了一大圈！可想而知，受了多少苦！好了，好了！总算回家了！以后，再也不要这样任性了！你这一走，大家都急得魂不守舍了！你的皇阿玛，几夜都没睡好！每天都在念叨着你！"

小燕子怔了，依旧睁着大大的眼睛，一句话也不说。乾隆困惑地问：

"你怎么了？吓傻了？见到皇阿玛，还不高兴吗？怎么一句话都不说呢？"

小燕子终于嗫嗫嚅嚅地开了口：

"我以为……我以为……"

"以为什么？"

"我以为，我又闯祸了，打了侍卫，跑出皇宫，几天几夜都没回来……皇阿玛一定好生气，看到了我，肯定会把我大骂一顿，再想办法处罚我！可是，皇阿玛都没有骂我，还要帮我出气……我简直不相信啊！"小燕子说着，就热泪盈眶了。

乾隆盯着小燕子，清了清嗓子。

"哼！你不要以为朕不生气，你出走，朕当然生气！可是，朕也很担心！在'生气'和'担心'两者并存的时候，担心就比生气来得多了！"说着，就走过去，仔细看她，柔声地说道，"听说你被那两个混账东西，折腾得满身是伤，朕料想，你也得到很多教训了！你看，在亲人身边，你虽然有时候会受点委屈，可是，大家是疼你的，动机是善意的！谁也不想真正伤害你！到了外面，你碰到的人就不一样了！"

小燕子垂下头去，心悦诚服地说：

"我知道了，我都明白了！"

"明白了就好！"令妃就接口说，"你弄得惊天动地，宫里乱成一团，宫外也乱成一团，整个御林军都出动了，城里城外到处找你！"

"以后不敢了嘛！"

永琪就急忙上前，生怕乾隆说多了，小燕子又吃不消。

"皇阿玛！小燕子回来了，就是皆大欢喜了！虽然受了一些苦，好在没有大碍！儿臣担心的，是老佛爷那儿，不知道还会不会追究？"

乾隆一听到太后，就头痛了，皱了皱眉头，说：

"小燕子今天先休息！明天一早，去慈宁宫请罪！"

尔康急忙往前一步，很理性地说道：

"臣认为不妥。老佛爷已经知道小燕子回来了，如果不去慈宁宫叩见老佛爷，恐怕更要背负不敬之罪，老佛爷会越想越气，不如马上去慈宁宫请罪！"

小燕子听到要去慈宁宫，脸色立刻一变，身子一退：

"我不去！我怕老佛爷，她肯定要罚我……我不去！"

紫薇走上前去，握住她的手，给她打气：

"我跟你一起去！"

"皇阿玛！就怕老佛爷不肯原谅，那要怎么办？"永琪着急地说，"小燕子身上还有伤，实在不能再关暗房，受处罚了！"

乾隆一叹：

"这一关总要过的，这样吧！朕陪你们一起去！"

结果，乾隆带头，永琪、尔康、紫薇簇拥着小燕子，大家来到慈宁宫。

这次，小燕子自知理亏，乖乖地跪下了：

"老佛爷，小燕子来请罪了！"

太后扶着晴儿，眼光扫了大家一眼，再威严地看着小燕子，脸上一点笑容都没有，语气尖锐地说：

"请罪？我看，这么多人陪着你来，是来帮你'壮声势'吧？"

乾隆马上赔笑说道："小燕子这次出门，受了好多苦，被两个坏人绑架，扣在店里做苦工，这才没有及时回来！其实，她一出门就知道错了……"看小燕子，猛递眼色："是不是？"

"是……是。"小燕子咽了一口口水。

"是吗？"太后不信地说道，"那么，你为什么要'出门'去？还打伤了两个侍卫？你不是最爱奴才吗？为了出门，你不惜出手伤人，这样'不择手段'？为什么？"

小燕子大惊，怎么？把人打伤了？她立即急急地说道："不折手断？我没有把侍卫打得'不折手断'呀？"她睁大眼睛问："难道，他们的手断了？怎么这样脆弱？我觉得我出手很轻，只是把他们逼开而已，真的不知道那么严重……"就关心地追问道："是哪一个的手断了？断了几只手？"

紫薇、尔康睁大眼互看，永琪急得不得了，乾隆又是皱眉，又是摇头。

太后一脸惊愕，听都听不懂：

"你在胡扯些什么？谁告诉你侍卫的手断了？"

"是老佛爷您说的呀！他们'不折手断'了！"

晴儿总算明白了，忍不住微微一笑。

太后瞪大了眼睛，气得脸色发青，挥挥手说："算了算了！我看我跟你是话不投机，我说的话，你听不懂，你说的话，我也听不懂！这个'请罪'，也不必了！"就看着乾隆，有力地说："皇帝，你跟我有一个约定，不知道还珠格格这次的离家出走，算不算是'犯规'呢？"

乾隆一震，还来不及说话，永琪脸色一变，往前一迈，就跪在小燕子身边了。

"老佛爷！永琪有话要说！"

"你说！"太后怔了怔。

永琪抬头看着太后，眼神坚定，语气恳切而坚决：

"永琪知道，老佛爷给了一个期限，要小燕子改掉所有的毛病。这次小燕子出走，就是被这个事情逼走的！在小燕子失踪的这段时间里，我已经仔细地想过。小燕子的问题，出在她根本不是一个格格，她做不到老佛爷对于'格格'所定下的条件！但是，她在我的心目里，是完美无瑕的！今天，想娶小燕子为妻的，是我。如果老佛爷不能够放宽对她的要求，那么，请废掉她'格格'的身份，让她去做一个普通的老百姓！免得她一天到晚，被这些她学不会的功课压垮！至于我，只好跟她一起做个平民！'阿哥'的身份，我也不要了！"

永琪这一篇话，说得慷慨激昂，语气铿然。

太后大震，不禁一退。乾隆也大震，目不转睛地看着永琪。

小燕子也震动极了，不敢相信地看着永琪。

紫薇和尔康，感动得一塌糊涂。尔康看着紫薇，觉得永琪把他要说的话，抢先说了。就实在按捺不住，拉住紫薇一起上前，跪在永琪和小燕子的身边。

尔康就抬起头来，不胜感慨地说道：

"老佛爷！我和五阿哥，深有同感。今天，五阿哥说了他心里的话，我心里的话，也不能不说了！我们都知道，在宫廷中，我们四个，都犯了宫中大忌！不该忘情，不该有情！可是，人生，就有许多'不该发生'却'偏偏发生'的事！我们无法克制自己的感情，由相遇到相知，由相知到相许！既然相知相许，彼此在对方眼中，都是完美的！如果在老佛爷眼中，不那么完美，也请老佛爷看在我们的一往情深上，成全我们！如果不能成全我们，那么，就放掉我们，让我们离开皇宫，去找寻自己的天空吧！"

尔康说完，磕下头去。永琪、小燕子、紫薇就跟着磕下头去了。

太后睁大眼睛，闻所未闻，惊愕得不知所措了。

乾隆好震动地看着这两对小儿女，也惊得不知所措了。

晴儿再也忍不住了，用袖子擦了擦眼角，笑着拉了拉太后的衣袖。她深深地吸了一口气，清清嗓子说：

"老佛爷，皇上！我是一个局外人，听了五阿哥和尔康的话，我好感动，不知道你们觉得怎样？中国虽然是个讲究礼教的国家，但是，写情的诗句，却是车载斗量！'在天愿作比翼鸟，在地愿为连理枝'，好美！'两情若是久长时，又岂在朝朝暮暮'，好美！'愿我如星君如月，夜夜流光相皎洁'，好美！'衣带渐宽终不悔，为伊消得人憔悴'，好美！那么多美好的诗句，仍然抵不过我们眼前的四个人！老佛爷，您不觉得他们好珍贵吗？您不会为他们骄傲吗？"

太后震动地看着晴儿，困惑了。

"是吗？"

晴儿拼命点头，两眼发光，热烈地说：

"是！老佛爷，我一直觉得，咱们皇宫里，什么都有，就是少了几分'人情味'。这'人情味'三个字，可以分开来用，变成'人、情、味'！是'人'的世界，'情'的天地，和'有味道'的人生！自从这次回宫，见识到他们四个这份感情，这才觉得，我们宫里，也有'人情味'了！"

紫薇惊讶地看着晴儿，此时此刻，忘记了所有的醋意，对晴儿真是佩服得五体投地。尔康没料到晴儿这样帮忙，而且，句句发自肺腑，对晴儿的感激之心，更是深刻了。小燕子这个人，是别人对她一分好，她就想回报十分的，看到晴儿三番五次地帮她，恨不得跳起身来，给她一个大大的拥抱。永琪当然也是又感激又感动。就连乾隆，也深深地动容了。大家都被晴儿的话震撼了。太后看看众人，觉得被这年轻的一代，弄得晕头转向了，不禁又疑惑地问了一句：

"是吗？"

晴儿就诚心诚意地喊：

"老佛爷，君子有成人之美！您再不成全他们，连晴儿都会跟他们一起心碎了！"

太后看着晴儿，有些举棋不定了。乾隆见太后意思活动了，机不可失，就一步上前，大笑着说：

"哈哈哈哈！皇额娘，我们认输吧！这些孩子们，一个比一个厉害，我们那些老古董，那些礼教规矩，就暂时收起来吧！免得传出江湖，说我们母子，连'天长地久''儿女情长'这种普通成语都不懂，那还有什么资格，要求他们学成语！不如大家一起去'不折手断'吧！"

太后被打败了，看着四人，一句话都说不出来了。

乾隆就对尔康、永琪使眼色。

尔康、永琪会意了，急忙拉着紫薇和小燕子，四人磕下头去，齐声谢恩：

"谢老佛爷成全！谢皇阿玛成全！"

太后目瞪口呆，完全不知道该怎么应付了。

这晚，在漱芳斋里，人人忘形了。

为了"一家人"又团圆了，为了逃过太后的责罚，为了乾隆的了解，还为了种种的喜事，漱芳斋摆了一桌子酒席，含香也被邀来参加。小燕子一高兴，什么都不管了，把明月、彩霞、小邓子、小卓子都按进椅子里，强迫他们一起喝酒。她欢天喜地地笑着，不断向每个人举杯：

"哇！我太幸福了！又跟你们坐在一起，又有这么多好东西可以吃！还有酒喝，不要劈柴，不要擦地，不要洗棋子……没有母夜叉拿鞭子守着我……哇！我真的太幸福了！

紫薇！干杯！尔康、永琪、含香、金琐⋯⋯大家干杯呀！"

大家围桌而坐，看到小燕子如此，都笑得好开心。

"干杯！"大家欢呼着。干杯的干杯，倒酒的倒酒。

紫薇浅尝了一下，就放下杯子。

"我只喝一点点，上次醉过一次，绝对不能再喝醉！"

尔康心里石头已落地，太快乐了，鼓励地说：

"没关系！我守着你，不会让你醉！这次喝酒，跟上次的心情完全不一样，你不会醉倒！"

"谁说的？我已经醉了！"紫薇甜甜地笑着。

永琪用手压住小燕子的杯子，笑着看她，简直不知道该把她怎样捧在手心里才好。

"小燕子，你多吃一点东西，少喝一点酒！身上有伤，怕酒对伤口不好！"

"我要喝！我哪有什么伤口？我太开心了⋯⋯真想大醉一场！"

"你让她喝，没有关系，只要不喝得大醉！那些伤，已经上过药了。喝酒没关系！"含香笑着对永琪说。

"你看！"小燕子胜利地嚷，"我们的女大夫都这么说了！你就不要拦我了！"她看看含香，又觉得遗憾起来："我们今晚，还差一个人，如果师父可以参加，一起喝酒，那样的人生，才有'色香味'了！"

"是'人情味'，你怎么变成'色香味'了？"永琪笑着。

"哈哈！"小燕子大笑，"我看着一桌子鸡鸭鱼肉，心里只能想起色香味！"

"也说得通！"紫薇接口，"色、香、味的意思是说，'彩色缤纷'的世界，'芳香弥漫'的天地，'五味俱全'的人生！尤其，我们有含香，一屋子香味，更是色香味俱全了！"

大家都笑了，真是高兴得不得了。小燕子就看着大家说：

"你们知道吗？我陷在那个牢笼里的时候，改写了陈子昂的诗！如果陈子昂地下有知，说不定给我'气活了'！"

"什么叫作'气活了'？"

"活人会被'气死'，死人只好'气活'！"

"你还会改诗？说来听听看！"尔康很感兴趣地说。

"那一天，我夜里做了一个梦，梦到鸡鸭鱼肉、蹄髈，什么都有！醒来一看，什么都没有！真是……"她摇头晃脑地念，"前不见蹄髈，后不见烤鸭，念肚子之空空，独怆然而涕下！"

大家听了，又是心痛，又是笑。永琪急忙夹菜给小燕子。

"蹄髈、烤鸭……都有都有！"

大家开心地笑。唯独含香，落寞起来，闷不开腔地喝了一杯酒。

金琐和几个宫女、太监，有些心不在焉，不住回头观望。金琐不安地说：

"我看，你们大家好好地喝酒，我去守门！万一老佛爷心血来潮，又来抽查一下，我们不是糟了吗？"

彩霞急忙跳起来：

"我去！我去！"

"我去！我去！"小邓子、小卓子、明月、彩霞就都跳了起来。

尔康把大家都拦住，说：

"没关系！今晚，真的没关系！外面，我已经部署好了。许多侍卫守着呢！何况，我认为，皇上心里有数，今晚漱芳斋会没大没小，所以，没有一个人会来阻挠我们的兴致了！毕竟，这场欢聚，代表的是一个有'人情味'和'色香味'的人生！"

小燕子举杯，欢呼道：

"为这样的人生干一杯！"

大家哄然回应，举杯相碰。含香又一口喝干了杯中酒。

紫薇看看含香，伸手压住她的杯子，轻声说：

"谁都可以醉，你不能醉！"

含香凄然微笑，说：

"谁都可以不醉，我可以醉！你们不醉，可以看到醉里的人，我醉了，才能看到他！让我醉吧！"

紫薇愣了愣，心中油然涌上一股恻然的情绪。

正在这时，门上传来轻轻的敲门声。大家惊跳起来。尔康立刻警觉地一蹿，蹿到门边去，把门开了一条小缝，看了看，就立刻把门大大地打开，惊喜地喊道：

"我们有贵客！彩霞，赶快添碗筷！"

大家一看，来人不是别人，正是大家感激万分的晴儿。

"晴儿！"小燕子惊喜地喊，"快来跟我们一起喝酒！你是我们的恩人、我们的救星！"

晴儿跑过来，看了一眼，笑嘻嘻地说：

"我好羡慕啊！你们有这么盛大的宴会！我真的很想参加，想得不得了！可是我只能待一下下！我来告诉你们一声，皇上和老佛爷恳谈了一番，老佛爷已经把'三个月'的成命收回了。所以，你们不用再担心了，痛痛快快地喝酒吧！"

永琪双眼发光，快乐得要飞上天空去了。他就对晴儿一揖到地，感激不尽地说："晴儿，大恩不言谢！"

尔康也一揖到地，看着晴儿，心里五味杂陈，嘴里喃喃地说：

"我……简直不知道该对你说什么！"

晴儿看着两人，眼里也闪耀着光彩，声音诚恳而真挚：

"什么话都不要说！只是，好好地爱护你们身边的人！你们知道吗？我一直在想，你们活得这么轰轰烈烈，拥有这么灿烂的人生，相形之下，我觉得自己的生命太贫乏了！简直嫉妒死你们了！"

紫薇看了晴儿一眼，就满满地斟了两杯酒，拿到晴儿面前去。她深深地看着晴儿，眼里充满了热情和欣赏，诚心诚意地说：

"晴儿！不瞒你说，我对你的感觉真是复杂！好几次，希望有个机会跟你深谈。可是，每次我们都在很奇怪的情况下见面，就是有话，也没有机会说！现在，我长话短说……这个皇宫，带给我的震撼真多，但是，最震撼我的，是你！你超越了我们的喜怒哀乐，把我们变得那么渺小！我才嫉妒你！嫉妒你的才华，也嫉妒你的潇洒！"

晴儿也深深地看着紫薇，两个人就彼此深情地打量着。

尔康看着这两个姑娘，心里漾着奇异的感觉，震撼了。

大家看着这一幕，都有些看呆了。紫薇就继续说："我答应过皇阿玛，不再喝酒，今天为你破了誓言，我敬你一杯！千言万语，尽在不言中！"她递给晴儿一杯酒，自己一仰头干了杯中酒。

晴儿举起杯子，也爽气地一仰头，干了。晴儿就把紫薇拉开了两步，说："紫薇……有句悄悄话要跟你说！"就附在紫薇耳边低语道："我从来没有想抢走尔康，更不想介入你们之间！我也有我的骄傲，你了解了吗？"

这句话只有紫薇听到，大家看到她们两人说悄悄话，都迷惑着。尔康尤其紧张。

紫薇听了，脸孔蓦然绯红，眼睛却更加闪亮了。

晴儿就走到桌边，嚷道："我要敬你们大家一杯酒！"她倒满杯子，对大家举杯，笑着："干杯！"

大家就欢呼起来：

"干杯！"

大家都干了杯。含香更是一饮而尽。

小燕子太快乐了，就手舞足蹈地唱起歌来。一屋子的人，全部高兴得神采飞扬。晴儿看着这样的一群人，完全融化其中了，恨不得留下来和大家一起醉，但是，她知道自己不能多待，只得依依不舍地去了。

晴儿来了这一趟，漱芳斋里的人，更加欢欣了，连紫薇都放开了矜持和顾忌，开怀畅饮。大家喝得不亦乐乎，这里面，只有含香，是"酒入愁肠，化作相思泪"。

结果，当维娜、吉娜把含香带回宝月楼的时候，她已经步履蹒跚了。

走进宝月楼的大厅，含香就惊见乾隆从油灯的光影下走了出来。

含香正满心想着蒙丹，骤见乾隆，不禁一震。乾隆温柔地看着她，问："你去了哪里？"他闻了闻："你喝了酒？在哪儿喝的？"他立刻明白了："漱芳斋？那几个孩子，又忘形了。对不对？"他好脾气地、自说自话地微笑着："让他们忘形吧！或者，我们也应该忘形一下！"说着，就伸手去拉含香的手。

含香一挣，脚下一个趔趄，差点跌倒，乾隆一扶，她就跌进他的怀里。

乾隆拥着含香，见她双颊嫣红，不胜酒力，醺然薄醉，芬芳扑鼻，不禁动情。

两个回族女人忙着想把含香扶起来。乾隆对两个女佣吼道：

"你们下去，这儿有朕！"

两个回族女子，不敢不从命，非常不安地退了下去。

乾隆就把含香一把抱了起来，放在地毯上的靠垫堆里。含香挣扎着，从靠垫堆里站了起来，惊惶地说：

"皇上！请不要！"

"不要什么？"

"不要碰我！"

"你让朕软玉温香抱满怀，又让朕不要碰你？"乾隆深情地凝视她，"香妃，朕最近被那几个孩子传染了，心里汹涌澎湃着一份热情，急于找一个物件宣泄！说实话，你就是那个物件！不知道为什么会对你这么着迷，对你这么丢不开，忘不掉！这么多年以来，朕没有对任何一个女人狂热过，你燃起了朕所有沉睡的感情，让朕重新回到年轻的时代！"

含香后退，直到身子靠着墙壁。

"不要……皇上，不要对我这样，我不值得！"

"你值得！你的美丽，你的冷漠，你的青春，你的异国情调，你的芳香……全部汇合起来，变成一股强大的吸引力。朕不得不承认，是被你征服了！从来没有一个时候，朕这么希望，自己能够变得年轻一些，使朕配得上你！"

含香好痛苦，害怕地看着乾隆，拼命往后退缩，已经退无可退。

"不要再抗拒朕了！把你自己放松一点，接受朕，好吗？"

乾隆说着，就用力把她一拉。她站不稳，再度摔进他怀里。乾隆就俯头，想去吻她。两人拉拉扯扯，又滚倒在靠垫堆里。含香大惊，拼命挣扎。

"放开我！放开我！你答应过我，不勉强我……"

乾隆根本不回答，只是紧紧地箍着她的身子。

含香急得不得了，什么都不顾了，她伸手摸着靠垫和地毡底下，摸出一把匕首。倏然之间，她抽出匕首，对着乾隆用力一挥。

匕首寒光一闪，"唰"的一声，把乾隆的衣袖划破，乾隆手腕上立刻现出血痕。

乾隆这一惊，真是非同小可。他直跳起来，"砰"地推开她，瞪大眼睛，不可思议地说：

"你藏了一把匕首？你想杀了朕？"

含香颤抖着，语不成声：

"我……我……我没有路可走了……我……"

含香说着，就飞快地举起匕首，对自己胸口刺去。

乾隆迅速地一脚踹去，含香的匕首脱手飞去。乾隆手腕上的血，滴落地下，他赶紧握住伤口，非常震撼地说：

"你准备了匕首，不是想杀朕，就是想自杀……进宫这么久了，你还是这样？"

这时，听到声音的侍卫、太监，一拥而入，七嘴八舌地喊：

"万岁爷……怎么了？什么声音……"

乾隆立即把受伤的手藏到身后，大声喝道：

"没有叫你们，怎敢闯进门来？滚出去！"

"喳！喳！喳！"大家赶紧退出。

乾隆就对含香命令地说道：

"去把房门关好！"

含香惊惶地关好房门。

乾隆卷起袖子，察看了一下伤势，抬眼看着含香，命令地说："你还不赶快把医药箱拿来！你的医术，朕信得过！上次紫薇病得快死掉，你都能救活她！赶快拿金疮药、止血药来，先用那块丝巾绑住手腕上面，把血止住！"说着，就坐进椅子里。

含香如同大梦初醒般，这才赶快行动。先用丝巾用力绑住乾隆的上臂，再奔进里屋去，拿了医药箱出来，跪在乾隆身前，开始帮他上药包扎。

乾隆凝视着她忙碌的手，凝视她黑发的头，一语不发。

终于，伤口包扎好了。含香抬头看着乾隆，脸色苍白如死：

"对不起，皇上！"

乾隆定定地看了她一会儿，正色说：

"朕要问你一句话，你真的要置朕于死地吗？"

含香拼命摇头，泪水跟着滑下：

"不！不！不……我不要……我不要……我真的不要……"

乾隆就伸手，一把把她的头压在自己胸口，柔声地说：

"那就好了！什么都别说了。以后，身边不许放武器！今天的事传出去，连朕都不能保护你！这件事，你知我知，再也没有别人知道！明白了吗？连对小燕子和紫薇，都不可以说！答应朕！"

含香拼命点头。

"只要你露出一点口风，给太后知道，或是满朝文武知道，这'弑君大罪'，你都必须处死！就算你不怕死，你爹和你的族人，大概全部会牵连进去！这是要诛九族的事！你知道厉害了吗？"乾隆严肃地说，"快答应朕，你绝对不告诉任何人！"

"可是……可是……"含香颤抖地说，"你手腕上有伤，怎么瞒得住？"

"那是朕的事！"

含香凝视乾隆，泪眼凝注：

"我不说！跟任何人都不说！"

乾隆松了口气，在她的头发上，印下一吻，把她放开了，故作轻松地一笑：

"不要担心，只是一个小小的伤口，过两天就好了！不过，你要忙一点，换药是你的事！"

说完，他就站起身子，若无其事地出门去了。

含香虚脱般地倒进靠垫堆里，用手蒙住了脸。

第二章

含香刺乾隆的事，紫薇和小燕子一点也不知道。

小燕子这一阵，引用她自己的语言，是"快乐得像老鼠"。尤其，知道那个杜老板和老板娘，被判了流刑，充军到边疆去了，她就更加高兴了，对乾隆心服口服。只是，含香每天心事重重，愁眉不展，让她在快乐之余，充满了犯罪感。这天，又到了"出宫日"，大家就结伴来到会宾楼。

会宾楼中，高朋满座。小燕子等人，坐在一角的老位子上。蒙丹看到大家，就迫切地问：

"她怎样？你们最近这样一闹，大概也没有人有情绪去管含香了！可是，我不能不提醒你们，你们自己是双双对对了，不要把我们的事，忘得干干净净啊！"

"相信我们，我们一直没有忘！"紫薇诚挚地说，"这两天，含香的情绪也很不好，我看她脸色怪怪的，好像心事重重。我想，这种日子，她也难过得很！"

蒙丹听了，就跳了起来。

"让我再进宫一次！"

"你坐下！不要引人注意！"永琪警告地说。

"我是你的师父，不是吗？"蒙丹看着小燕子，说，"你把师父请进宫去，很难吗？干脆我进宫去当你的师父，随时随地教你武功，不好吗？"

小燕子心动了，睁大眼睛，转动着眼珠。尔康急忙说：

"不行！不行！小燕子不要动这个脑筋，上次我跟皇上提过，从宫外请侍卫，都被皇上否决了！你弄个师父进去，皇上不彻查他的来历才怪！"

"我也反对，你们每次都把人往宫里送，这宫里的人越来越多，出宫就越来越难！现在，应该是想怎么出来，不是想怎么进去！"柳青说。

"就是！就是！"金琐听得心惊胆战，急忙附议，"柳青说得对！现在已经够提心吊胆了，如果蒙丹也进去，越搞越复杂，大家更是提心吊胆了！"

"我顾不了那么多，我已经快要爆炸了！"蒙丹烦躁起来。

"你非顾不可啊！这本来就是一件几乎'不可能'的任务，一定要选一个最好的时机来做！"柳红说。

"下个月不是老佛爷过寿吗？"永琪看着尔康。

"不行！"尔康一凛，紧张起来，"时间太紧迫了！何况，含香的基本问题还没解决！她的香味，要怎么办？"

"我再去采花瓣……"

小燕子话没说完，金琐就惊喊起来：

"老天！你还没有搞怕呀？再采一次，引来的都是毛毛虫怎么办？"

"哪里会引来毛毛虫？"

"那可不一定，"金琐说，"蝴蝶是毛毛虫变的，说不定你下次的香味，蝴蝶不喜欢，毛毛虫喜欢！那就惨了！"

大家心情良好，全都笑了。只有蒙丹，情绪低落极了。蒙丹就看着尔康说："如果不能够在那个时候把含香弄出来，最起码，把我再混进去一次！这件事，总要她自己肯合作，是不是？我还没有说服她呢！"说着，就站起身来，对大家一拜："蒙丹和含香，谢谢各位了！"

大家面面相觑，不禁认真地动起脑筋来。

这时，有一个身材高大挺拔，长得浓眉大眼的青年男子，手里拿了一把剑、一支箫，背上背着简单的行囊，衣着简单，大踏步走了进来。因为来人气宇轩昂，有股不平凡的气势，大家的眼光都被他吸引了。

来人选了一个靠窗的位子坐下，手里的箫和剑，"啪"的一声放在桌上。再解下行囊，放在一边。

柳红惊奇地说：

"我去招呼他！"

柳红走到那个陌生人面前。

"客官要吃些什么？"

"给我几盘小菜，有什么拿什么，再烫一壶酒来！陈绍就好！"

"客官是只吃饭还是要住宿？"

"你们也供住宿吗？"

"不错！"

"那么，我也要一间房！要雅致清静一点的！"

"是！"

柳红就去上菜。

小燕子不住对那个陌生人张望，尤其对他桌上的那把剑感兴趣，就对大家说：

"你们看到没有？那把剑的套子上，有刻花，有条纹，好像是把古剑！"

"那不是刻花、条纹，那叫作'图腾'，常常代表一个家族的标志！"永琪说。

"看样子，是个名门子弟！我有点好奇了！"尔康也盯着那个人。

"我也是！"柳青说。

"他随身带着剑，一定是个高手！"小燕子说，就有点跃跃欲试了。

大家在这边议论纷纷，那个客人似乎若有所觉，但是，仍然是一副气定神闲的样子。小二和宝丫头上了酒，上了菜，他就自顾自地喝起酒来。转眼间，已经杯盘狼藉。他有了一点酒意，就拿着筷子，敲着酒壶，嘴里潇潇洒洒地念起诗来：

"书画琴棋诗酒花，当年件件不离他，如今五事皆更变，萧剑江山诗酒茶！"

紫薇一惊，看尔康，尔康看永琪，大家都油然起敬。

"好大的口气！好一个'萧剑江山诗酒茶'！"紫薇惊叹

地说。

"这首诗原来的最后一句话是'柴米油盐酱醋茶'！他这样一改，真是气壮山河！"尔康赞不绝口。

"人家改变七件事，他只改变五件！箫、剑、江、山、诗、酒、茶……他带着箫，带着剑，出口不凡，这人一定是个奇人！"永琪说。

"我对他那六件事都没兴趣，那把剑，我倒很有兴趣！"小燕子说。

大家都盯着那人看，议论纷纷。只见他再喝了一杯酒，用筷子敲着酒壶，开始念另外一首诗：

"一箫一剑走江湖，千古情愁酒一壶！两脚踏翻尘世路，以天为盖地为庐！"

"好诗！"尔康脱口喊出，再也按捺不住了，"我要去认识一下这个人物！"

小燕子跳了起来，喊：

"我也去！"

"我也去！"永琪喊。

结果，大家全部跟着尔康过来了。

尔康一抱拳：

"在下福尔康，听到阁下谈吐不俗，想认识你这个朋友！请问阁下怎么称呼？"

那人站起身来，抱拳回礼，风度翩翩。

"在下名叫箫剑。不是姓萧的萧，是这支箫的箫！"拍了拍桌上那支箫，"这把剑的剑！"再拍了拍那把剑。

尔康一呆。心想，百家姓里，从来没有人姓箫。

"箫剑？这是真名吗？阁下家乡何处？"尔康再问。

箫剑一笑，注视着尔康，说：

"真名又怎样？假名又怎样？不过给人称呼而已！箫剑流落江湖，对于身世来历、家乡何处，都已经忘了！"

永琪和尔康不禁大奇，对面前这个"人物"，更加刮目相看了。

小燕子早就忍不住了，伸手就去拿那把剑，嘴里嚷着：

"借你这把剑看看！"

"请不要动我的剑！"箫剑急忙喊。

小燕子哪里肯听，飞快地抢了那把剑，就往门外跑。

"箫剑！请到这边来！"小燕子喊着，飞快地蹿出酒楼。

箫剑大出意料，愣了一下，急忙追出去。大家一看，小燕子又要惹事了，全部跟着跑出去。

小燕子拿着剑，一口气跑到学剑的那个空院子里，在空地上一站，拔出剑来，仔细观赏，但见寒气森森，确实是把好剑。

箫剑追了过来，喊着：

"姑娘！请把剑还我！"

小燕子笑着说：

"你来抢！抢到了就还你！"

箫剑文质彬彬地站在那儿，警告地说：

"当心！那把剑不是玩具，锋利得很，不要割伤了手！"

"看样子！你是一个行家！玩箫玩剑，有意思！我是小燕子，很想领教领教你的功夫！"小燕子笑嘻嘻地说，就大吼一声，"看剑！"

小燕子一面说，一面飞身而起，举起剑来，对萧剑当头劈下。

萧剑急忙闪开，嘴里大叫：

"请不要开玩笑！伤着人不好！"

萧剑一边说，一边仓促奔逃，也不看后面，和赶来的大家竟然撞成一堆。

尔康急忙扶住萧剑。小燕子已经杀了过来。

"萧剑！来抢呀！不要跑！"

"不好……"

萧剑立刻奔逃，这次，和柳红一撞，柳红闪身站稳，萧剑竟然摔了一跤。柳红惊愕地扶起他。小燕子又持剑砍来。

"萧剑！我们来比划比划！不要跑！"

"你拿着剑刺来刺去，我怎么能不跑？"

萧剑说着，满院子奔跑。小燕子就满院追杀。

尔康、永琪、蒙丹、柳青几个，看得好惊讶，不禁仔细旁观，想看出萧剑葫芦里卖的是什么药。金琐、紫薇站在他们旁边，也看得津津有味。大家也不阻止小燕子的胡闹了，只想看出端倪来。

"看剑！我杀来也！"小燕子再喊。

萧剑一边跑，一边莫名其妙地喊着：

"姑娘！我和你无冤无仇，你为什么要抢我的剑？赶快还我，我们井水不犯河水，你走你的阳关道，我过我的独木桥！"

"有箫，有剑，名字叫箫剑！"小燕子喊着，"怎么不肯把功夫露一下？那么小气干什么？我就要逼你出手！"

小燕子已经追到箫剑身后，对着他一剑刺过去。

箫剑大骇，仓促之间，已经逃不掉，吓得滚倒在地。小燕子的剑，再对着地上的他刺下。箫剑瞪着那把剑，躲也不会躲，用手腕挡着面孔，只是大叫：

"姑娘！手下留情！"

大家看得胆战心惊，柳红急忙飞身过来，撞开小燕子。柳青也蹿了过来，拉起箫剑。小燕子握着剑，大喊：

"你就是不肯露功夫是不是？柳青！柳红！你们帮他干什么？我一定要把他的原形打出来！"

小燕子再度追杀过来，箫剑再度满院奔逃。

大家越看越稀奇。

箫剑已经跑得气喘吁吁，大喊：

"姑娘！在下投降！不要打了！认输可不可以？"

"不许你投降！不许你认输！"小燕子大喊，"小燕子又杀来也！"

箫剑拔腿飞奔，一面回头看那把剑。这样一回头看，就没看到前面，竟然撞在一棵大树上，摔了一个四仰八叉。

大家看得目瞪口呆。柳青、柳红急忙上前去扶起箫剑。箫剑刚刚站稳，小燕子又持剑刺来，嘴里大喊着："看剑！"拿着剑横剑一扫。

箫剑眼看逃不掉，身子往后一仰，又摔了一个四仰八叉。

尔康看得丈二和尚，摸不着头脑，不禁低问水琪：

"你觉得怎样？是不是真人不露相？"

"实在看不出他是真是假。如果没有真功夫，怎么敢说什么'一箫一剑走江湖'？这一路上，早给人干掉了！"永琪怀疑地看着。

"如果是假的，他演戏的功夫比真功夫还好！"蒙丹说。

金琐实在同情那个箫剑，说：

"不管人家会不会功夫，有没有功夫，小燕子这样抢了人家的剑，逼人家打架，实在有点过分！反正，人家就是不愿意打架嘛！"

"金琐说得对！"紫薇就对尔康说，"你快去解救那个箫剑吧！他也是倒霉，好端端地吃个饭，碰到一场无妄之灾！"

"那倒未必！不打不相识，蒙丹也是这样认识的！不管这个箫剑有没有真功夫，就凭他那几句诗，我也交定了这个朋友！"尔康说。

"我也是！"永琪点头。

两人说着，就很有默契地上前，永琪拦住小燕子，尔康迎向箫剑。

"小燕子！"永琪说，"人家不想打架，你就饶了人家吧！要不然，别人还以为你是个女土匪呢！到此为止，不要闹了，把剑还给人家！"

小燕子很不过瘾，嘟着嘴看着箫剑。尔康对箫剑一抱拳："对不起！"指指小燕子："那是小燕子，喜欢和人开玩笑，闹着玩玩！箫先生如果不嫌弃……"

"请叫我箫剑！"箫剑似乎惊魂未定。

"是！箫剑！如果你不嫌弃，我们就回到会宾楼，好好地吃完那餐饭，我再向你慢慢地介绍我们这些人！"

箫剑一抱拳，恢复了潇洒，说：

"我看你们个个身手不凡，风度翩翩，认识你们，是我箫剑的荣幸！"

永琪把剑还给箫剑，大家就一团和气地笑了，举步往会宾楼走去。

回到会宾楼，大家就重新上菜上酒，围着桌子坐着，彼此寒暄。箫剑凝视着小燕子，好奇地问：

"姑娘名叫小燕子？"

"是！本姑娘就是小燕子！"

"姑娘好身手，箫剑佩服极了！姑娘贵姓？"

小燕子被箫剑一称赞，有点飘飘然：

"你佩服我啊？太不容易了！很少有人佩服我，每次跟人打架，总是我吃亏！刚刚你问我什么？'贵姓'？哈哈！我的姓不贵，姓什么，我也忘了！就算姓'小'名'燕子'吧！"

箫剑看着小燕子，不禁哈哈笑起来：

"好！我姓箫，你姓小，声音差不多，可能是本家！来！干杯！"

箫剑一口干了杯中酒。大家见他气势豪迈，也都举杯干了。尔康就问：

"箫剑，你到底从哪儿来，要到哪里去？"

"我云游四海，到处为家，说实话，自己也不知道走过哪些地方，要到哪儿去。应该是从来处来，到去处去吧！"

"看样子，阁下是'真人不露相'啊？"永琪有点不高兴了。

箫剑注视永琪，眼光竟然十分深刻：

"我哪里称得上是'真人'，我看你们几位，才是'真人不露相'，来头不小呢！"

"何以见得？"永琪问。

"你们的谈吐，你们的衣着，你们的举止，你们的风度……每一件都说明，你们气质高贵，一定是不平凡的人物！箫剑别的本领没有，看人可看多了！"他坦率地说道，"既然各位都不想以真面目示人，大家彼此彼此！我不问，你们也不要问吧！来，酒逢知己千杯少，相逢何必曾相识！喝酒吧！干杯！"就一口又干了。

大家心想，可不是！就也一笑，举杯。尔康就豪迈地接口：

"好！别的都不要问，干杯！"

大家回到漱芳斋，还是津津乐道地谈着箫剑。

"那个箫剑太奇怪了，"小燕子意犹未尽地喊，"身上带了那么好的一把剑，功夫那么烂！连我都打不过，还敢取名叫'箫剑'，干脆叫'箫输'得了！"

"你不要小看人家，说不定他的功夫好得不得了，就是不要跟你玩！左摔一跤，右摔一跤，都是骗你的！"永琪说。

"真的吗？原来这样啊？我看起来也怪怪的！他为什么不肯跟我玩呢？"

"江湖上，这种怪人多得很，"尔康深思着，"我看，他就是不愿意用真面目来面对我们……其实，我们也没有用真面目来面对他！说不定他身上有很多故事！你看，后来我们喝酒的时候，他口口声声都在回避问题，一副深藏不露的样子！"

"深藏不露？也不见得！"紫薇寻思着，"他坐在那儿一个人喝酒的时候，念了两首诗，好像有意在引人注意，最起码，是在吸引'有心人'的注意！那两首诗，实在有'语不惊人死不休'的感觉！"

"对呀！"尔康说，看着紫薇，"你分析得好透彻！确实如此！真要不引人注意，就该什么诗都别念！所以……"

"所以，这个人绝对有故事！"永琪接口，"'箫剑'两个字，摆明了是个化名，他隐藏了他的真姓名。隐姓埋名的人有两种，一种是身上有血海深仇；一种是太有名了，不愿意人家看破他的真面目。不知道他是哪一种？"

小燕子嚷道：

"有什么故事？我最喜欢有故事的人了！你们今天怎么不问问清楚呢？如果他有什么血海深仇，说不定我们可以帮他报仇呀！"

"我觉得，我们最好不要再管别人的闲事了！"金琐忍不住说，"我们已经一大堆问题，都还没解决呢！蒙丹的事，弄了一个半吊子，如果再来一个箫剑，大家更要忙不完了！"

小燕子对金琐瞄了一眼，不满地说：

"金琐好麻烦，老是给人泼冷水，越来越婆婆妈妈了！一下子不许我们做这个，一下子不许我们做那个……将来，尔康娶了你，一定给你这个管家婆唠叨死了！"

小燕子这句话一出口，尔康立刻变色了。心里一直梗着的问题，就像闪电般对他闪了过来。他不由自主地去看金琐。只见金琐脸一红，也飞快地看了他一眼。那一眼里，有害羞，有深情，有信任……两人眼光一接触，金琐的脸更红了，身子一扭，就转身跑出门去了。

尔康心里，汹涌般地涌上不安，他回头看紫薇，只见紫薇也看着他，眼神里透着惊惶。尔康对她摇摇头，表示事情不能再拖了。紫薇的心猛地一跳，不要！不能这样对金琐！她想着，就心事重重地走到院子里，尔康也跟出去了。

两人一直走到假山旁边。尔康就急切地开了口：

"紫薇，我们不能再拖了，金琐的事，一定要解决！"

"怎么解决嘛？"紫薇心烦意乱地说，"你也看到了，她那个样子，根本从来没有去怀疑抗拒过，早就把这件事看成'理所当然'了。她不是被动地接受它，而是完全认定它！尔康，算了吧！我不要伤害金琐，我好害怕对她说这个！"

这时，金琐发现紫薇和尔康去了院子里，看看天色已经黄昏，生怕紫薇受凉，拿了一件背心，要给她送去。走到假山边，听到两人在说自己的名字，就惊讶地站住了，本能地闪身在一块石头后面听着。

"你不要说，我去说！"尔康握住紫薇的手，"这个'伤害'是必需的，如果现在不伤害她，将来会造成更大的伤害！因为，我心里真的没有她的位置呀！将来，如果勉强娶了她，你要我怎么面对她呢？那不是一种欺骗吗？难道，你要她做你一辈子的丫头？连她的终身都赔给你？"

"你不要这样咄咄逼人！"紫薇哀求地说，"你的道理我都懂，我也承认你的那些理由！但是，金琐不会懂。她会认为你不要她，我也排斥她！在这个世界上，她没有家，没有父母，没有亲人，只有我！"

金琐大震，好像有个焦雷，在她面前劈开，她被震得四分五裂了。

"就算你是出于怜悯，出于同情，也没有把自己的丈夫分一半给她的道理！"尔康坚定地说着，"我愿意做她的亲人、她的兄长，照顾她一辈子，只是不能娶她！紫薇，请你帮帮忙，我心里真的只有你一个，我不要三妻四妾，也不要小老婆！"

金琐听不下去了，只觉得天旋地转，慌忙用手扶住假山。这样一个动作，就把尔康和紫薇惊动了，两人一回头，看到金琐苍白的脸，两人都大惊失色。

金琐瞪着两人，好像尔康和紫薇，都是她从来没有见过的人一样。她用手压着痛楚的心口，反身就跑进房里。

紫薇傻了，尔康急忙对紫薇说：

"我去追她！我去跟她说清楚！"

金琐冲进了卧室，用手蒙住脸，泪水就夺眶而出了。

尔康跟着冲了进来，急喊：

"金琐！"

金琐急忙擦去眼泪，奔到窗前去，用背对着尔康，靠在窗棂上。她的头好晕，心好痛，所有的思想意志，全部冻结。

她的世界，在这一瞬间，化为灰烬。此时此刻，她真的不知道要怎么安排自己，怎样去适应这突然而来的意外。

尔康看着她的背影，有那么一刹那，他真想放弃了！可是，这个时候再不说清楚，恐怕一生都要糊糊涂涂过下去了！他深吸了一口气，走到她身边，说：

"金琐，你不要误会！我和紫薇，都是为了你好！你那么完美，那么可爱，亲切得像我的一个妹妹……我怎么舍得让你当我的小老婆？紫薇也不应该做这样的决定，你还有你的人生呀！你有权追求你自己的幸福，如果跟了我，是我在耽误你，我不能让你受这样的委屈，你懂了吗？"

金琐回头看着尔康，眼里，盛满了泪。

"尔康少爷，你不用说了！"她惶然失措地说，"你再说，我更无地自容了。我从来不知道你这么嫌弃我！现在我明白了！我知道自己的身份地位，我不会让你和小姐为难……你们的意思，我都了解了。"

尔康急了，拼命摇头：

"不！我们的意思，你根本没有了解，如果你了解了，就不会说我嫌弃你！我不是嫌弃你，我是尊重你！假若我不尊重你，把你收房，对我有什么害处？我和紫薇，经过了生死的考验，发现彼此那么深刻的爱，难免也会为你想，似乎，你也值得拥有一份同样的爱！我怕……让你当小老婆，是对你的一种侵犯，一种侮辱！你明白吗？"

金琐点点头：

"我明白了，我会认命的！你不用说了。"

尔康好着急，抓住她的胳臂一阵摇撼，有力地说：

"醒过来！金琐！不要认命，不要认命！你的命没有那么渺小，你和紫薇、小燕子、晴儿都是一样的人！你和任何一个格格都是一样的人！她们能够拥有的，你都有资格拥有！我深信有一天，你会碰到一个像我爱紫薇那样爱你的男人，像五阿哥爱小燕子那样爱你的男人，那个男人才配拥有你！因为，他是完完整整属于你的！难道，你从来没有期望过，自己也有这样的幸福吗？"

金琐泪眼看尔康，一时之间，充满了迷惑。

"我弄不清楚，我是丫头呀！我怎么能那样期望呢？"

"小燕子不是常说，丫头也是人，丫头也是人生父母养的！你是自己的主人，你当然可以这样期望，也应该这样期望！"

金琐困惑地站着，神思迷惘，心碎神伤。尔康看着她，心里充满了不忍。但是，还是不能不说：

"最起码，你今晚静下来，好好地想一想我的话！不要因为这件事恨紫薇，或是恨我，那么，你就辜负我们的一片心了！"

金琐顺从惯了，从来没有违背过尔康，就可怜兮兮地回答：

"是！我会去想，虽然我有一点笨，不一定想得明白。但是，我一定会去想，我也不敢恨小姐，更不敢恨你！"

金琐说完，实在没有办法面对尔康，就一转身，跑出房间了。

尔康沮丧地站在那儿，觉得好沉重。

紫薇走了进来，着急地看着他：

"你跟她讲通了吗？"

"该说的，我都说了，通不通，我就不知道了！"尔康很难过。

"她还是好伤心，是不是？我就知道会这样！我去找她去！"

紫薇转身要走，尔康拉住了她。

"让她一个人静一静，想一想！"他看着紫薇，叹了口气，"我承认，我有一点残忍！可是，宁可今天残忍，不要以后残忍！早一点让她明白，还是比她越来越糊涂好！"

紫薇瞅着他，眼中充满了痛苦。尔康实在承受不了紫薇的痛苦。他这一生，最不愿意的事，就是让紫薇痛苦。他把她的手紧紧一握，恳求地说：

"拜托！请你不要这么痛苦好不好？"

紫薇深深地盯着他，也恳求地说：

"拜托！请你不要这么迷人好不好？"

尔康瞪着她，傻了。

这天晚上，尽管夜已经深了，金琐还在大厅里清扫。她提着一桶水，拿着抹布，拼命地擦窗子、擦桌子、擦柜子……擦所有能擦的地方，恨不得把自己所有的力气，都消耗掉。

紫薇走来，痛楚地看着她，忍不住喊：

"金琐！你不要再擦了，你已经擦了好几个时辰的桌子了！你在做什么嘛？你心里有什么话，你跟我说呀！我们坐下来，好好地谈一谈，好不好？"

金琐埋着头擦桌子椅子，头也不抬地说："这个椅子下面好脏，我把它擦干净……擦干净……"就使出全力地擦着。

紫薇受不了了，奔上前去，一把抢走了她手里的抹布，往桌上一摔。

"不要这样子，你有气，你就说！"

金琐站住了，抬头看着紫薇，脸颊因为工作而红红的，眼睛因为哭泣而肿肿的：

"我哪里敢'有气'，我什么气都没有，我只是想找点工作来做，让自己忙一点！"

"为什么？"

"什么东西为什么？"

"为什么要让自己忙一点？"

"不为什么！我是丫头……我做丫头该做的事！"

紫薇一把握住她的手腕，喊：

"再说你是丫头，我就要生很大的气！从今以后，你不是我的丫头！你是我的姐妹、我的朋友、我的知己！我们应该无话不谈，把心里的结，全部打开！告诉我，你爱上他了，是不是？"

金琐瞪大眼睛看着紫薇，呼吸急促，憋了一个晚上的话，就冲口而出了。

"小姐……我跟你坦白说，这件事对我发生得太突然……以前，你把我许给他的时候，没有征得我的同意，现在，你们取消这个约定，也没有征求我的同意！我像一个工具，一个……"看到桌上的抹布，痛心地喊，"一块抹布！随你们要丢到哪里就丢到哪里！尔康少爷说了很多大道理，反正都是为了我好，我也不知道是不是真的为我好……只知道一件事实，你们急于把我这块抹布丢掉！"

紫薇心中大痛，一把握起她的手，真挚地喊着：

"不是这样的！真的不是这样……我好想好想，今生今世都能和你在一起，永远不要分离！大概就是这样自私的想法，曾经让我觉得，我们共侍一夫也是一件很美很美的事！可是，当晴儿让我心痛的时候，我才了解爱情是应该专一的！对我这样，对你也是这样！但是……如果你不这么想，你愿意受委屈，那么，就忘掉今天的事，我们还是照原来的计划，好不好？"

金琐瞪着紫薇，认真地说：

"不好！今天的事，是收不回的！在我了解你们的心意以后，如果我还赖着尔康少爷，我就太没有志气了！我应该尊重你们的看法，接受你们的安排！我只有一条路可走了！"

"什么路？"

"我要离开这儿，离开你！小姐，你放了我吧！我想过了，我可以到会宾楼去，帮忙柳青、柳红，他们的生意越来越好，正在缺人手！"

紫薇一怔，好痛苦。

金琐就抓起抹布，继续去擦窗子，擦桌子，擦柜子……

紫薇心里，充满了后悔，这件事，真是一错再错！她眼泪一掉，转身进房了。

这一夜，紫薇失眠了，躺在床上，翻来覆去睡不着。

小燕子和永琪，知道尔康做了这样一件事，两人都呆住了。小燕子虽然迷迷糊糊，对于尔康敢做这件事，心里却实在佩服。永琪深知尔康的"感情唯一论"，不禁想着，如果易地而处，自己会不会这样做？毕竟，对男人来说，"最难消受美人恩"！说"好"那么容易，说"不"那么艰难！这样想着，他对尔康，也就更加心服口服了。小燕子和永琪都明白，紫薇、尔康、金琐这个结，只有他们三个自己去解，别人想帮忙都帮不上。两人就什么话都不说，静观其变。

紫薇思前想后，心里实在难过，后悔得一塌糊涂。

"当初，不要把金琐许给尔康就好了……她说得也对，当初，我没有征求她的同意，现在，我又不征求她的同意！我好像对她很好，很情深义重，却一再疏忽她的感觉！我真该死……现在，要怎么办呢？"

紫薇正在那儿翻来覆去，房门一响，金琐拿着一盏灯走了进来。

"小姐！你睡了吗？"金琐怯怯地问。

紫薇一听到金琐的声音，喜出望外，急忙从床上坐了起来，惊喜地喊：

"还没有，我睡不着！"

金琐放下灯，冲到床前，一把握住了紫薇的手，痛楚地说：

"小姐！对不起，刚刚我说了很多不该说的话，让你伤心了!"

紫薇心里一痛,好像有把刀插了进去,她握紧金琐,低喊着:

"是我让你伤心了!你没有说任何不该说的话。你心里的话,除了告诉我,你还能告诉谁呢?你说对了,我太疏忽你的感觉了!是我对不起你!"

金琐就热烈地看着她,拼命摇头:

"不不不!我想清楚了!当初,你病危的时候,心里还想着我,把我许给你心目里最完美的一个男人!你为我想得那么周到,我还错怪你,我实在不值得你那么喜欢,实在不配当你的金琐!"

"金琐……"紫薇热烈地喊。

"听我说完!"金琐打断她,"那时候,尔康少爷只想争取时间来救你,你说什么,他都会答应。事实上,万一你那时活不成,尔康少爷恐怕也活不成!他的答应,根本就不能算数!那个'答应',是他对你的感情,根本不是对我!"

"金琐……"紫薇再喊,太意外了,实在没有料到金琐分析得这么透彻。

"接下来,你们为了实践诺言,只好维持这个约定。可是,尔康少爷心里只有你,实在没有多余的位置来给我,他说得对,这样把我收房,实在糟蹋了我!"

紫薇抓住金琐的手,眼睛闪亮。

"你真的想明白了?"

"是的!我真的想明白了!"金琐瞅着她,"我八岁就跟了你，你的思想，你的行为，都是我模仿的对象！这么多年，我应该也有一点你的气质了！我等不到明天早上，必须今晚就告诉你，你是我的姐妹、我的知己、我唯一的家人……什么都改变不了这个事实！至于我的终身大事……"她含泪笑了，柔肠百结："你有尔康少爷，小燕子有五阿哥，香妃有蒙丹……我的那个人，说不定正在等我呢！"

紫薇跳下了床，把金琐紧紧一抱：

"那么，你还要离开我吗？"

"可能，有一天，我总会离开你，当我找到我的幸福的时候！现在，我还舍不得！"

紫薇太感动了，含泪而笑：

"哇！金琐！你不愧是我的金琐，不愧是我们大家的金琐！你让我好感动！我要告诉你，当你找到你的幸福那一天，你仍然不会离开我，因为，你的那个他，一定也是我们心目里的知己！我们这一家人，会永远在一起！"

其实，金琐心里，仍然在深深地痛楚着。想明白是一回事，自己的失落是一回事，被拒绝更是另外一回事。但是，她想得更清楚的，是自己和紫薇这段割舍不开的感情。这么多年以来，紫薇是她生命里的主题，她早已习惯了。再有，如果她不接受这份安排，她又能怎样？只是把三个人的关系，弄得非常尴尬而已。是的，她想明白了。她不要离开紫薇，不要那种尴尬！她压下了心里的痛，几乎是豁达地说：

"所以，你和尔康少爷，不要再为我操心了！这样也好，我可以用另外一个角度去看你和尔康少爷，不再把自己搅和进去，真的好轻松！"

"实话吗？"紫薇盯着她。

"绝对是实话！"

两个姑娘就彼此深深地互视，再紧紧地拥抱。金琐低低地、沉痛地、坦白地说：

"想到要离开你，我心里的痛，实在远远超过要离开尔康少爷。我这才知道，我对尔康少爷，绝对不是你对他那种感情！说不定，就像他答应娶我一样，我们真正离不开的，都是你！"

紫薇听了，再也忍不住，眼泪夺眶而出。她紧紧地、紧紧地抱着金琐。其实，金琐那些说不出口的痛，紫薇是完完全全体会到了。但是，她也明白，尔康是对的，现在不痛，将来会更痛。何况，金琐什么都听到了，伤害已经造成。此时此刻，还能够对她说出这么委婉的话，只有她的金琐了！

第三章

这天，容嬷嬷急急地走进坤宁宫大厅，对皇后神秘地说：

"娘娘！奴婢得到一个消息，不知道是真是假。"

皇后立刻屏退左右，容嬷嬷就悄声说：

"听说皇上受伤了！"

"什么？"皇后吓了一跳。

"奴婢听巴朗说，小路子告诉他，两天前，皇上去了宝月楼。不知怎的，里面就有打斗的声音传出来，侍卫们全体冲了进去，但是，皇上把大伙都骂出来了。当时也不觉得怎样。可是，当晚皇上一个人睡在乾清宫，没有人侍寝。小路子换下皇上的衣服，发现袖子刺破了，上面都是血迹！"

"此话当真？有血迹？如果皇上受伤，怎么会不吭声？有没有传太医呢？"

"怪的是没有传太医！皇上还让小路子，把衣裳拿去毁掉，并且警告他不可以声张！小路子说，皇上的胳臂包扎着，显然是受伤了！"

"皇上受伤？可是不让人知道？"皇后睁大了眼睛，"小路子的话到底可不可靠？你赶快把他传来，让我亲自问问他！"

"娘娘！小路子不能传来，他是我们在皇上面前唯一的内线了，不能让他出现在坤宁宫……奴婢后来让巴朗再去调查过了，他说，宝月楼那晚确实有点古怪！皇上把侍卫骂出来的时候，香妃娘娘跌在地上，脸色惨白！"

皇后深思着，惊愕着，在室内走来走去。

"难道香妃会行刺皇上吗？太不可能了！她那么得宠，为什么要行刺？如果她行刺，皇上为什么不声张？"

"只怕皇上太喜欢香妃娘娘了，不舍得声张！"

"哪有这个道理？谁会去喜欢一个刺客呢？还让这个刺客每天待在身边，那不是疯了吗？"皇后沉吟一下，问，"皇上这两天还是照样上朝，是不是？"

"是！每天上朝，没有一点受伤的样子！每天也都去宝月楼，却又从来没有在宝月楼过夜！总是待一会儿就出来了！"

"太怪了！"皇后想来想去想不通。

"那香妃是个番邦女子，又会招蝴蝶，每天穿得不伦不类，老佛爷打心眼里不喜欢她！不管那晚在宝月楼发生了什么事，皇上要保护香妃娘娘的意图非常明显！娘娘，你看这事要不要告诉老佛爷？"容嬷嬷问。

"我现在已经没有丝毫分量了，皇上对我，简直一点余地都不留，一点面子也不给，要我待在坤宁宫别出去，等于打入冷宫了！只怕老佛爷对我的话，也不会相信吧！"皇后悲哀地说。

容嬷嬷就附在皇后耳边，一阵叽叽咕咕。

皇后的眼光又闪亮了。

"皇上现在在哪儿？"皇后问，"我可不想在慈宁宫跟他碰个正着！"

"皇上不在慈宁宫，他在宝月楼！"

是的，乾隆正在宝月楼里。

他坐在椅子里，含香跪在他的面前，细心地给他换药，包扎。她静静地拆下沾血的绷带，察看伤口。乾隆看着她，心里激荡着热情，一个激动，就把她的头压在自己怀里。含香跳了起来：

"皇上，当心碰到伤口！再流血怎么办？"

"朕不怕流血，你怕什么？"

含香不敢再过去，站得远远的，好痛苦地看着他。乾隆看到她这样子，一叹：

"过来！"

"皇上不要再那样，我就过来！"

"朕上辈子一定欠了你！过来吧！朕不再碰你就是了！"

含香这才不安地上前，重新跪在他面前，察看伤口。看了一会儿，她抬眼看着他，眼里一片祈谅：

"伤口还没长好，您一定要自己小心，洗澡的时候，不要碰到脏水，如果会疼，恐怕还是要宣太医！我不会治外伤，那个凝香丸只对高烧郁热、毒火攻心有效……要不然，我拿一颗米，皇上吃了吧！"

"我又没发烧，吃什么凝香丸，那是你父亲给你的救命药丸，别把它糟蹋了！何况药不对症，吃了也是白吃！你留着，以备不时之需！我用不着，别小题大做了！"

"那我把伤口清洁一下！"

含香就用小钳子，钳了软布去清洗伤口。一面用嘴去吹。乾隆感觉到她嘴中馨香的气息，吹拂在自己的肌肤上，竟然有种朦胧的、幸福的感觉。甚至感到，这样小小地受点伤，换得含香的歉疚和温柔，也是一种"因祸得福"了。乾隆正在那儿心猿意马，外面忽然传来太监大声的通报：

"老佛爷驾到！"

乾隆大吃一惊，从椅子里直跳起来。

含香也大吃一惊，立刻手忙脚乱。地上又是药瓶，又是扯下的绷带，又是水盆，又是剪刀，仓促间不知道该先藏哪一样才好。乾隆急忙把袖子放下，遮住伤口，说：

"不要慌，朕来应付！"

含香就赶快把水盆端到桌上去，再去收拾地上的绷带和医药工具，还来不及站起身，房门已经豁然而开。太后带着桂嬷嬷、宫女、太监们大步而入。

乾隆急忙行礼：

"老佛爷！您今儿个怎么有兴致来宝月楼？"

含香一慌，手里的药瓶、钳子、剪刀掉了一地。太后眼光锐利地看着这一切，呼吸急促。含香顾不得那些东西了，过来一跪。

"含香参见老佛爷！"

"哦？今天怎么愿意行满人礼节了？"太后瞪着她。

乾隆急忙赔笑，掩饰地说：

"含香！还不让维娜、吉娜泡茶来！老佛爷到这边坐！香妃有种新疆茶，特别润喉，朕让她给老佛爷泡一杯！"

"我不喝新疆茶，万一喝出毛病来，怎么办？"太后高高地昂着头说，就突然一步上前，拉起乾隆的手，掀起他的袖子，"让我看看你的手腕！"

乾隆大惊，急忙一退，把手藏到身后去：

"干什么？"

太后看到医药工具，心里已经有数，这时，更加肯定了，就抬高声音，急道：

"皇帝！你是怎么回事？忘了你是一国之君，你的身子，是千金之体，不是你一个人的，是千千万万老百姓的！你今天不为自己爱护身子，也该为整个国家爱护身子！受了伤，怎么不说？现在，还要瞒我吗？给我看！"

太后说着，就再去拉他的手。乾隆看到这个情形，知道太后已经得到密报，瞒不住了。只得叹口气，拉开衣袖，出示伤口：

"一点点小伤，真的不需要紧张！朕就是怕大家惊动老佛爷，这才瞒下去，是谁又多嘴，去告诉老佛爷了！待会儿朕摘了小路子的脑袋！"

"你不要乱怪小路子了！身边到底有几个忠心耿耿的人，自己总该有数！"太后说着，就怒视含香，厉声问，"皇帝怎么受伤的？快说！"

含香一颤，还没开口，乾隆笑着说：

"哈哈！完全是个意外，那晚，含香跳回族舞给朕看，朕看得高兴，一时忘情，就和含香一起跳，谁知脚下一滑，打破了一个花瓶，正好手臂磕在破片上，这就划了一道口子，真的不严重！请皇额娘不要再追究了！"

太后见乾隆情急之情，已经表露无遗，就用深不可测的眼光看了含香一眼，再掉头看乾隆：

"这么大的一个伤口，皇帝居然就让香妃随随便便包扎一下就算了？皇帝，你要让我急死吗？"

"让老佛爷担心，儿子知错了！"乾隆惭愧地说。

"赶快跟我回慈宁宫去包扎！"太后拉着乾隆就走，大声喊，"宣太医！让钟太医、胡太医、杜太医通通去慈宁宫！"

"喳！喳！喳！"太监们忙不迭地应着。

"唉，实在太小题大做了！"乾隆不情不愿地说。

"如果皇帝还有一点孝心，就依了我的'小题大做'！"太后生气地说，"我看，这个宝月楼，风水不大好，皇帝还是少来为妙！"

太后说着，根本不再看含香，拉着乾隆出门去了。乾隆无可奈何，只得跟着走，还不忘投给含香一个安慰的眼神。

含香还跪在那儿，睁大眼睛，惊魂未定。

当太后在宝月楼里生气的时候，漱芳斋正热闹得不得了。因为，永琪送了一个特别的礼物给小燕子，那是一只绿色的大鹦鹉！

永琪把鹦鹉架放在桌上，大家都围过去看。

"哇！一只鹦鹉，好漂亮的鹦鹉！"小燕子欢呼着。

"那只鹦鹉会说话！"尔康对大家解释，"五阿哥发现了，给了人家一个金元宝，非要买回来不可！"

"会说话？真的吗？会说什么话？"紫薇好奇地问。

尔康没有回答，因为金琐过来了。尔康心虚地看了金琐一眼，不知道她对自己，有多少的怨恨。这笔债，大概是欠定了。金琐也看了他一眼，眼光是复杂的。两人眼光一接触，金琐就示意地看看房门，转身悄悄地往院子里走。尔康会意了，看到大家都围过去看鹦鹉，就跟着金琐往院子里走。紫薇看在眼里，也情不自禁地跟过去了。

两人站在院子里，金琐就急急地开了口：

"尔康少爷，您什么话都不用再说了，我和小姐谈了整整一夜，把所有的结都解开了！我好抱歉，造成你们的困扰。我现在完全想明白了，我希望，我们三个人还和以前一样好，不要因为这件事，变得尴尬了。小姐永远是我的小姐，您也永远是我的尔康少爷！"

尔康震动、意外，进而安慰道：

"真的吗？你都想明白了？你和小姐谈了一夜？"

"是啊！我感激你们以前为我想的，也感激你们现在为我想的！无论如何，以前是为我好，现在也是为我好！谢谢你们了！"金琐忍着心里的痛，很明理地说。

"金琐！"尔康感动极了，"我欠你太多了！但愿，我能用另外一个方式来还你！"

紫薇听到这儿，就走了过去，诚心诚意地接口：

"尔康，我们欠金琐一个美好的未来，我们一定要为这个未来而努力，让金琐有一天，能够更深刻地感受到我们今天的用心！"

"是！"尔康重重地一点头。

紫薇就拉住金琐的手，看着尔康说：

"我们都没有心病了，是不是？还和以前一样好，是不是？"

"是！"金琐点头，肯定地说。

三人对视，虽然每个人的情绪并不一样，虽然金琐的痛楚，也燃烧着紫薇和尔康，可是，却有一种崭新的感觉，在三人中流转，大家似乎都如释重负了。

金琐就笑着说：

"我要进去看那只鹦鹉了，好像很神的样子！"

三人回到屋里，看到大家正围着鹦鹉吆喝。众人七嘴八舌地喊：

"说话！说话！赶快说话！"

永琪用一支棒子，逗弄着鹦鹉，喊道：

"鸟儿，快表演一下！说话呀！说话呀！"

鹦鹉歪着头看看大家，就自顾自地梳理着羽毛。紫薇问：

"你们在哪里找到的鸟儿？鸟店吗？"

"不是，"尔康说，"这只鹦鹉是敬事房一个小太监养的，他训练了它很久，让它讲一点吉祥话！五阿哥听到它说了一句，就当它是个宝贝，非买回来不可！在敬事房可会说了，怎么这会儿一句也不说！"

"逗了半天，它什么都不说！"小燕子有些失望，"我不相信它会说话，我这一辈子，只看到一只鸟儿会说话！"

"真的吗？什么时候看到的，会说什么话？"永琪追问。

"什么话都会说，就是在下小燕子！"

大家大笑。永琪又去逗弄鹦鹉：

"喂喂！鹦鹉先生，鹦鹉阁下！给点面子好不好？赶快说话呀！"

"它吃什么？可能要用吃的来引诱它，它才会说话！"小邓子说。

"对对对！就算耍猴，也要用吃的东西来逗弄！"小卓子说。

"我怎么忘了，这儿有葵花子！"永琪急忙拿出一包葵花子来。

鹦鹉吃了葵花子，再度悠闲地梳理羽毛。永琪嚷着：

"不说话，就不给吃的！赶快表演！"

好不容易，鹦鹉"叽里咕噜"叫了一声。明月欢呼道：

"说话了！说话了！"

"它说的是哪国话，我怎么听不懂！"彩霞问。

"它说的是鹦鹉国话，你们当然听不懂！我看，五阿哥上当了！"金琐笑着说。

金琐笑得这么坦荡。紫薇和尔康好安慰，彼此看了一眼，比较放心了。

就在大家对那只鹦鹉都失去信心的时候，鹦鹉突然冒出一句话：

"格格吉祥！"

大家眼睛全部睁得好大好大。

"它说什么？"小卓子问。

"它说'格格吉祥'！"小邓子小声地，好像怕打扰了鹦鹉似的说。

小燕子也小小声地、不相信地，睁大眼睛说：

"它真的说'格格吉祥'？"

大家全部惊喜交加地嚷出声：

"格格吉祥？"

"你们相信了吧？一只会说'格格吉祥'的鸟！就因为它会说这句话，我才非买它不可！小纪子说，只要耐心教它，它什么话都学得会！"永琪开心地说。

"哇！这么聪明的鸟呀！我要让它念成语，念诗！"小燕子大乐。

鹦鹉突然又冒出一句话：

"坏东西！你这个坏东西！"

"你说什么？"小燕子瞪着鹦鹉。

"你这个坏东西！"鹦鹉重复着。

"哇！一鸟骂人！真的是'一鸟骂人'耶！"小燕子惊喊。

大家全体大笑，笑得东倒西歪。

"它有名字吗？"紫薇问。

"没有！你们给它取个名字吧！"

"我来取！我来取！"小燕子兴奋地跳着，看着鹦鹉。

"坏东西！坏东西！"鹦鹉兀自嚷着。

"哈哈！就叫你'坏东西'！你这个坏东西！"

"'坏东西'？这个名字有点不雅吧？"永琪说。

"没有关系！小燕子的鹦鹉，叫作'坏东西'，跟小燕子蛮配的！这叫作'什么样的人，养什么样的鸟'！"尔康说。

小燕子对尔康掀眉瞪眼：

"你又拐着弯骂我了！"

众人已经兴奋地对鹦鹉嚷着：

"坏东西！坏东西！"

小燕子太喜欢了，以为鹦鹉已经养得很驯了，就打开鹦鹉脚上的铁链，去抚摸它。孰料，鹦鹉一松绑，就扑棱棱一声，振翅飞去。小燕子急喊：

"赶快抓住它！坏东西！回来呀！"

尔康和永琪急忙去抓，哪里抓得住。鹦鹉就飞出窗子，飞到御花园去了。

"坏东西！坏东西！快回来呀……"

小燕子和大家，就全部追了出去。

鹦鹉在空中盘旋了一下，"呼啦"一声飞上了树梢。大家仰头找着鹦鹉，伸手的伸手，跳脚的跳脚。小燕子狂喊着：

"坏东西！不要飞走呀！没有人喂你，你怎么办？赶快回来……"

"在那边……在那边……"小卓子指着树。

"好像飞到那棵松树上面去了！我去把它抓回来！"尔康说着，就一飞身上了树。仔细一看，树上早已没有鹦鹉了。他低头对下面嚷："没有在这儿！去了哪里？看到没有？"

扑棱棱一声，鹦鹉掠过大家头顶。小燕子跳着脚大叫：

"飞到那边去了，上了屋顶了，我自己去抓！"小燕子一飞身，就上了屋顶。

大家抬头一看，鹦鹉停在屋脊上面。小燕子正蹑手蹑脚地对那只鹦鹉爬过去。大家全部仰着头，屏息观看。小燕子低低地说：

"坏东西，不要跑，我来了！"

小燕子爬向鸟儿，爬得惊险万状。好不容易已经接近了。她伸手一抓，没抓住，脚下一滑，身子骤失平衡，她惊呼出声：

"哎呀……"

鹦鹉受惊，扑棱棱地飞了。

小燕子滚下屋顶。永琪早已准备好了，飞跃上去，接住她，说：

"我就知道你会摔下来！你能不能小心一点，每次都弄得我心惊胆战！"

小燕子跳落地，伸长了胳臂，大呼小叫：

"别管我，我摔不着的！快去找'坏东西'呀！等会儿飞出皇宫，就找不到了！我从来没有看过这么会说话的鸟……大家快找呀！"

扑棱棱一声，鹦鹉又划过天空。

"看到了！看到了！坏东西！坏东西！快回来呀！"众人大叫。

"飞到慈宁宫那边去了！哎哎，又飞回来了……"

尔康和永琪，看着鹦鹉的去向，飞身去捉。

小燕子跟着东蹿西蹿，嘴里叫个不停：

"哎哎……在那边，看到了！看到了……你们小心，不要伤到它！抓的时候轻一点！哎哎……那边……那边……"

这样一阵大闹，把整个皇宫都惊动了，侍卫、太监、宫女……都奔了出来。

太后、乾隆、晴儿也从慈宁宫跑出来观看。乾隆的手臂，已经用三角巾绑在脖子上，显然刚刚医治过了。

皇后搭着容嬷嬷也在远远的一角观望。容嬷嬷看到乾隆吊着手臂，就对皇后使了一个眼色，说道："看到没有？万岁爷确实受伤了。这次，娘娘在老佛爷面前，总算可以抬头挺胸了！"就看着满花园蹿来蹿去的小燕子说："这个漱芳斋至于吗？依奴婢看，他们又忘了自己是谁，又在制造状况了！你看太后的眉头皱得多紧！"

皇后点头，静观其变。

小燕子等人，已经找不到鹦鹉的踪影，小燕子看到侍卫，就大喊：

"赛威、赛广、杜三、小李、喀什汉……你们赶快带人给我上树的上树，上房的上房，帮我找一只鹦鹉，把它抓回来，可是，不许伤到它！听到没有？一根羽毛都不可以让它掉下来！"

"喳！遵命！"众侍卫答着。

于是，众侍卫也纷纷上房的上房，上树的上树。这是侍卫们第一次奉命找一只鸟儿。大家东蹿西蹿，东找西找，就是找不到。

扑棱棱一声，鹦鹉的声音又从空中掠过。

"来了！来了……"紫薇说。

"来了！来了……"金琐说。

小邓子、小卓子、明月、彩霞纷纷跳着，伸长了手，又喊又叫：

"在那边……在那边……赶快去抓啊……"

一时之间，满花园的人，飞上飞下，蹿来蹿去抓鹦鹉，简直蔚为奇观。

乾隆、太后、晴儿都看傻了，不知道大家葫芦里卖的是什么药。

太后实在忍无可忍，问：

"这到底是在干什么？有没有人可以告诉我……"

太后一句话没有说完，一个黑影忽然从头顶掠过，接着，小燕子飞扑过来，伸手往太后头顶抓去，太后被小燕子一撞，哪儿站得稳，整个人往后翻倒。

"哎哟……哎哟……"太后大喊。

乾隆大惊，急喊：

"小燕子！你在干什么？"

"我在抓'坏东西'！"小燕子的眼光，追随着那只鹦鹉。

宫女和晴儿慌忙扶起太后。太后大怒，扶着旗头，站稳身子，怒喊：

"放肆！撞我一跤，还说我是'坏东西'！反了吗？"

"尔康！永琪！"乾隆急喊，"你们通通站住，不许飞来飞去了！告诉朕，你们到底在干什么？"

尔康、永琪、小燕子只得从树上、屋脊上跳落地，上前行礼。尔康禀道：

"回皇上！是在捉一只鹦鹉，那是小燕子养的，名字叫作'坏东西'！"

"捉鹦鹉？"乾隆瞪大了眼睛，兴趣来了。

小燕子这才发现乾隆吊着手臂，惊喊：

"皇阿玛！你的手臂怎么了？"

小燕子话没说完，扑棱棱一声响，只见一只绿色大鹦鹉，飞了过来，停在乾隆那受伤的手腕上。乾隆弯着胳臂，瞪着那只鹦鹉，不知道要怎么办才好。小燕子立刻把手指放在嘴唇上，对乾隆又是嘘着，又是做手势，让他不要动。小燕子就蹑手蹑脚地伸手过去，大家瞪大眼睛看，人人屏息以待。只见小燕子一伸手，鹦鹉"嘎"地一叫，从容地展翅飞了。小燕子大喊：

"赶快去抓它呀！大家帮忙呀！"

一群侍卫急忙飞身去抓，鹦鹉没抓着，好几个侍卫，冲进了水池里。

太后气得脸色发青。在远处观望的皇后，难得地带笑了，容嬷嬷也得意极了。

忽然，皇后觉得有个东西落在自己的头顶，大惊，眼睛往上看。原来，那只鹦鹉，好巧不巧地停在皇后的旗头上。皇后伸手就要去赶。乾隆大喊：

"皇后！不要动！"

皇后一惊，难得乾隆肯跟自己说话，心里又惊又喜，赶紧站着，大气都不敢出。

只见小燕子、永琪、尔康和众侍卫蹑手蹑脚，从四面八方逼近。

"大家小心，帮忙抓住那只鹦鹉！可别伤到它！"乾隆叮嘱着。心里蛮高兴有这样一个插曲，来打断太后对他受伤的追究，就跟着小燕子起哄了。

连乾隆都下令了，众侍卫更是如临大敌。

大家都看着皇后的头顶。容嬷嬷挓挲着双手，弯腰看着那只鹦鹉，不知道该如何是好，瞪大眼睛，屏息而立。

这个场面实在是有趣极了。一位平时庄严无比的皇后，此时直挺挺地站着，头顶上停着一只鹦鹉。一院子侍卫、格格、阿哥……大家虎视眈眈，蹑手蹑脚地逐渐逼近皇后，人人都瞪着皇后的头顶。晴儿又看得津津有味了。

皇后看着大家逼近，心惊胆战，动也不敢动。突然之间，尔康一声令下：

"大家上去！抓住它的脚！不要抓头！"

十几个人飞扑而上。扑棱棱一声，鹦鹉又飞了。

皇后被这十几道力道，撞得在原地滴溜溜打转。身子摇摇摆摆，容嬷嬷急喊：

"快扶住皇后娘娘呀！"

众宫女赶紧去扶，皇后转得七荤八素，一屁股跌坐在地上，把好几个宫女也带翻在地。真是一团混乱。

小燕子等人，顾不得皇后，又继续满花园飞蹿。

正在闹得不可开交，有个小太监跑了过来，一声呼啸，鹦鹉乖乖地落在他的手腕上。永琪急喊：

"链子！赶快把它拴住！"

小卓子提了鹦鹉架跑过去。小太监很有经验地一拴，鹦鹉就被绑回架子上了。

大家全部松了一口气。小太监把架子递给小燕子。

"还珠格格吉祥！奴才名叫小纪子，在敬事房当差！以后鹦鹉飞了，找奴才就对了！"小太监恭恭敬敬地说。

"原来，这只鹦鹉是你养的？"小燕子高兴地问。

"是！很调皮的鹦鹉，可是，挺好玩的！"

小燕子拿回了鹦鹉，好高兴，提着不放。

乾隆清清嗓子，笑着看大家，大声说道：

"好了！'鹦鹉大闹御花园'这出戏，演到这儿，可以落幕了！大家散戏吧！该干什么就干什么去！"

"喳！"众侍卫、宫女、太监大声应着，纷纷散去。

乾隆对小燕子直摇头。紫薇迎上前来，惊奇地看着乾隆的手臂：

"皇阿玛，你的手怎么了？"

"摔了一跤，受点小伤，不碍事！是老佛爷不放心，一定要宣太医。"乾隆说完，看看太后，心里还记挂着含香，就对太后说道，"儿子送老佛爷回宫！"

太后瞪了小燕子等人一眼，心想，这宫廷里是怎么了？有个会刺皇帝的妃子，皇帝纵容如故！还有一群没轻没重的格格和阿哥，经常把御花园闹得天翻地覆，皇帝依然纵容如故！她真是气不打一处来，勉强压抑着，非常不满地去了。

小燕子根本没有注意到太后的不满，提着鹦鹉，一面往漱芳斋走，一面对着鸟儿一本正经地教训着：

"坏东西！我们定一个规矩，以后绝对不可以飞出去乱逛！听到没有？要认得你自己的家，认得你自己的主人，听到没有？下次再这样给我出状况，我把你捉回来以后，就拔了你的毛！听到没有？"

"坏东西！坏东西！"鹦鹉嚷着。

"它还会跟我吵架！"小燕子大惊。

大家又笑得东倒西歪了。

回到漱芳斋，大家还围着鹦鹉说说笑笑。正在说笑中，含香来了。

小燕子看到含香，就高兴地嚷着：

"快来！快来，我这里有个'坏东西'，好玩得不得了！你来看，一只会说话、会骂人的鹦鹉耶！"

含香对鹦鹉没有兴趣，神色仓皇，脸色苍白，紧张地说：

"我有话想跟你们说！"

大家见含香这种神色，全部紧张起来。紫薇急忙上前抓住含香的手：

"怎么了？脸色那么坏？刚刚我们大闹御花园，每个人都出来看热闹，就没看到你！发生什么事了吗？你这几天都好奇怪！"

含香环视大家，郑重地说：

"我决定了！实行你们那个'大计划'！"

大家一惊。尔康急忙走到门口，对外面喊着：

"小邓子！小卓子！你们在外面好好地守着，有什么人过来，马上通报！"

"喳！"

尔康把房门关好，金琐赶快去关窗子。门窗都关好了，大家就围着含香。

"我已经没有办法了，"含香痛苦地说，"再不离开这个皇宫，我只有两个下场，一个是'死'，一个是'疯'！我想来想去，蒙丹说得对，我不能这样完全被动，等着命运来安排，我应该起来奋斗，创造自己的命运！"

"为什么突然作这样的决定？"永琪问。

"我告诉你们，我闯了一个大祸，我刺伤了皇上！"

"什么？"众人大惊。

"就是那天晚上，我们在这儿喝酒唱歌，等我回去的时候，皇上在宝月楼等我，说了好多感性的话，拉着我不放，我一急，就刺了他一刀！"

紫薇睁大眼睛，恍然大悟：

"怪不得，刚刚看到皇阿玛的手腕吊着，原来是你刺伤了他！可是，这几天他都没有怎样呀！"

"他叫我不要说，对你们都不要说，他也没有惊动任何人，每天都是我帮他换药，但是，今天刚刚开始换药，老佛爷就来了！皇上告诉她是花瓶碎片割到，但是，老佛爷一副不相信的样子！我想，我这次真的完了！"

大家面面相觑，个个惊惶起来。这才了解，刚才太后的脸色，为什么那样难看。

尔康最先恢复镇定，看着大家，有力地说：

"不要慌！我们马上计划怎么把含香送出宫去，现在，是不能耽误了！如果老佛爷知道了真相，含香是死路一条！绝对逃不掉了！听我说，我们等不及老佛爷过寿，这事得说办就办！"

"可是，含香这股香味怎么办？别忘了，他们以前私奔七次都跑不掉！现在，皇阿玛的追兵不会比阿里和卓的追兵弱！"永琪说。

"管他的！"小燕子急了，"顾不了那么多，我们还是用'花瓣澡'来分散注意力吧！"

"那怎么成？把全世界的蜜蜂都引来了，不是更加引人注意吗？"金琐摇头。

"又怎么样？"小燕子转动眼珠说，"引人注意的是假含香，又不是真含香！蜜蜂和蝴蝶分得出我们和含香的香味不一样，可是，追兵分不出！北京的狗不是新疆狗，没有经过训练，它们也分不出两种香味有什么不同！到时候，一定满城乱追一气！"

尔康看着小燕子，再看大家：

"你们知道吗？小燕子说得有理！"

"那么，我们上次的花瓣还有用！"金琐积极地说，"明天，要再去采更多的花瓣！我想出一个办法，我去缝很多套子，在眼睛的地方挖两个洞，到时候，套在头上，大家蒙着头跑，就不会被叮得满头包了！"

"那……满街都是蒙着脸的人在跑，不是更会引人注意了吗?"紫薇说。

"放心!我会雇很多马车,跑的时候,大家都在马车里!无论如何,马车跑起来比人要快得多!"尔康说。

"如果是乘马车跑,就简单多了!"紫薇看着大家,"也不必洗花瓣澡,每个人身上带一包花瓣就行了!连尔康、永琪、柳青、柳红身上都可以带!"

"紫薇和小燕子可以不必出动,总要有人在宫里绊住皇阿玛!"永琪沉思着。

"什么时候实行?"小燕子好兴奋,急急地问。

"不管怎样,明天先去告诉蒙丹,蒙丹一定会兴奋得昏过去!"永琪说,"还有好多事,雇马车,准备干粮,路线图……还不能说走就走!"

"还得编一个完整而有说服力的故事,等到含香走了,我们大家如何应付皇上和宫里的追究?"尔康深思着,满屋子转,想点子。

含香好紧张地看着大家,看到大家这样为她用尽心机,真是又感动、又紧张、又害怕、又惶恐,矛盾得不得了。

"我觉得好对不起皇上!他实在对我很好!如果不是先有了蒙丹,我相信我已经被他征服了!"

紫薇对含香合掌一拜:

"拜托!不要把我们的犯罪感引出来好不好?那样,你就走不成了!"

"不要再考虑这个考虑那个了!"尔康站住,对含香正色说,"含香,这两天,你要特别小心,好在皇上有心保护你，我料想你还不至于马上有危险！如果太后问起来，一定要死守秘密，不能供出你伤害了皇上！无论如何，要给我们几天时间来筹备。到底怎么出宫，我还要好好地计划一下，可能就像当初小燕子出宫一样，用最简单的办法，化装成小太监……"

尔康的话说了一半，外面传来一声太监的通报：

"老佛爷驾到！"

声音就在耳边，大家大惊，个个吓得脸色苍白。尔康就紧急告诫大家：

"镇定一点，我去开门！"

大家屏息的屏息，拍胸口的拍胸口，赶紧站成一排，面对门口。

尔康房门一开，大家全部请下安去。

"老佛爷吉祥！"

门外，小邓子和小卓子听到声音，紧紧张张地奔进来，问：

"老佛爷在哪里？老佛爷在哪里？"

大家看门外，哪里有太后，大家面面相觑。这时，又一个声音传来：

"皇上驾到！"

大家又一惊，小邓子、小卓子急忙往外跑，两人撞成一堆，揉鼻子的揉鼻子，探脑袋的探脑袋，一面手忙脚乱地甩袖跪倒："万岁爷吉祥！"定睛一看，什么人都没有，两人呆住了。

小燕子忽然明白了，抬头看着那只鹦鹉。只见那只鹦鹉扑棱着翅膀尖叫："奴才该死！奴才该死！"声音和小太监的声音如出一辙。

小燕子对着鹦鹉挥拳踢腿，大骂：

"原来是你在捣蛋！你该死，真的该死！居然骗我们！你这个坏东西！坏透了，吓死我们了！我给你改个名字，叫'小骗子'！下次再说谎，我拔你的毛！"

大家惊魂甫定，看着鹦鹉，不禁失笑。尔康就拍着永琪的肩膀说：

"你就是要买鹦鹉，也不该买一只小太监训练的鹦鹉！"

第四章

不敢再耽误时间，第二天，尔康、永琪、紫薇、小燕子就全部出宫，在会宾楼的客房里，和蒙丹、柳青、柳红召开紧急会议。

蒙丹一听经过，真是又悲又喜。悲的是含香这样为他拼命，喜的是，终于要实行大计划了！他看着面前这些热心的好朋友们，感动得不知道怎样才好。他双手往胸前交叉，行了回族大礼，说：

"我先谢谢各位，你们为我和含香所做的事，不是简单的一个'义'字，更不是简单的一个'恩'字，我就是粉身碎骨，也报答不了各位！请你们大家，接受我用回族礼，表达我对你们的感激！"

尔康一步上前，拉住蒙丹。

"不要再谢我们了，你的心意，我们都了解了！赶快，我们来研究这张地图！"

永琪早已把地图摊在桌上，是尔康连夜画出来的。大家就都跑过去，围着地图站着。尔康指着地图解说：

"我把逃亡的时间，定在大后天晚上！时间很紧急了。那晚是月初，没有满月，夜里应该什么都看不清，就算有蜜蜂有蝴蝶，也看不出来！免得满城蜜蜂、蝴蝶，也是一件很麻烦的事。记住了，蒙丹，你的马车在这儿等，我驾车从神武门把含香偷出来，会直接送到你那儿，含香上了你的马车之后，我的马车，会转头向东边跑！同一时间，柳青、柳红的马车向西边跑，五阿哥的马车向北边跑！每个人的车上，都有花香。你们车上也有。你们要马不停蹄，一直向南边跑！"

蒙丹深吸一口气，眼神专注：

"我明白了！但是，那个晚上，你们全体出动，通通不在宫里，等到皇上发现含香失踪了，你们也不在宫里，怎么脱得了干系？"

"所以，这个逃亡计划里，没有我和紫薇！"小燕子说，"那晚，正好是令妃娘娘过生日，我们两个，会把皇阿玛押到令妃娘娘那儿，给令妃过寿。到时候，我们把皇阿玛灌醉！等到他发现含香失踪的时候，最快也要到第二天，你们大概已经跑得老远了！"

"你不要为我们考虑那么多！皇阿玛发现含香逃亡了，他第一件事就是追回含香，至于我们在不在宫里，他根本就没有心思去追究了！"永琪说。

"蒙丹！你放心！"紫薇接口，"我们有我们的办法！一来我们死不承认，他没办法把含香的出走，算到我们头上，就算有猜疑，他也不忍心把我们定罪！再说，他实在太喜欢我和小燕子了，毕竟，皇阿玛是我们的阿玛！哪一个父亲，对自己的儿女会心狠手辣呢！"

"紫薇说得对！以前，连劫狱那样的大事，罪证确实，我们都逃过了！我们现在要研究的，不是事后的追究问题，是你们能不能安全脱逃的问题！蒙丹，记住，含香的香味，仍然是她的致命伤！我们只能引开追兵一小段，后面的时间，你们怎样能够让香味不传出来，是个关键问题！"柳红说。

金琐就拿了许多大袋子给蒙丹："这是我帮你收集的檀香木，是宫里最好的檀香！"另外再拿了一个袋子："这里面是最好的茴香。"再拿一个："这是印度进贡的佛印香。还有……这个，是我们收集的花瓣……你们要化装成普通的老百姓，假装是卖香料的商人。这样，万一有追兵查到你们，马车里的香味那么复杂，可能会把香妃的香味给遮盖住了……"

"当然，这并不是一个万全的办法，可是，我们也只能想出这个办法！过了明天，我们就会把会宾楼暂时关闭。"柳青接口，"逃亡那晚，如果没有追兵追我们，我和柳红会往南方去找你们，一直把你们护送到安全的地方！我们认为，你们越往南边跑越好！最好跑到一个深山里去躲起来！"

紫薇深深地吸了一口气：

"所以，我们今天的开会，说不定是大家最后一次在会宾楼相聚，三天以后，蒙丹、含香和我们，就天南地北了！"

小燕子立刻充满离愁了，看着蒙丹：

"师父，我连一套剑法都没有练会呢！"

蒙丹太感激了,看着小燕子:

"我相信,我们大家这么有缘,一定后会有期!"

小燕子就转动眼珠,做起梦来:

"或者,过一段时期,皇阿玛会想明白,知道含香的走,是一件好事,不是一件坏事!那时候,他会追问是谁帮助含香逃跑的,下令通通有赏!然后,就赦免了含香和蒙丹,还封蒙丹一个'王',含香就是'王妃'!然后,我们大家又聚在一起了!"

大家听得匪夷所思,惊看小燕子。

"这个遥远的梦,做得真好!我们不妨抱着这种期望吧!"紫薇苦笑地说。

就在这个时候,一阵美妙无比的箫声忽然传来,荡气回肠。大家一惊。

"怎么有这样好听的箫声?"尔康问。

"我差点忘了,隔壁住着箫剑!"柳红跳了起来,脸色有些变了。

"箫剑住在隔壁?这个房间隔音好不好?他会不会听到我们的谈话?"永琪惊问。

"应该不会吧?"柳青没把握地说。

"如果不会,我们现在怎么听得到箫声呢?还听得这么清楚!"尔康说。

大家全部紧张起来。小燕子立刻摩拳擦掌,一副备战的样子,问:

"他真的会吹箫呀?"

"吹得好听极了，我常常怀疑，怎么可能有人吹得这么好听？可见，他那个'一箫一剑走江湖'，不是吹牛！"柳红说。

小燕子转着眼珠，生气了：

"可见，他那个'摔来摔去'都是逗我的！把我当小孩子，太欺负人了！还要躲在隔壁偷听我们商量大计……"说着，跳起身子，打开房门，就直冲出去。

大家赶快起身追着她，七嘴八舌地喊着：

"小燕子！你要干什么？小燕子，不要再闯祸了，不要再惹事了……"

小燕子哪里肯听，早已冲到箫剑的房门口，砰然一声，把箫剑的房门踹开了。

"箫剑！你给我出来！"

箫声停止了，箫剑拿着他的箫走了出来。看到小燕子，就点头说：

"哦！'小'姑娘！别来无恙！"

小燕子大怒，嚷着：

"什么'小姑娘'？我是'大姑娘'，我是'姑奶奶'！什么'别来五样'？别说'五样'了，我一样都没有！你有两样，有箫有剑，我有拳头！"

小燕子说着，一拳就对箫剑打了过去。

箫剑正睁大眼睛，听着小燕子稀奇古怪的对话，这些话，大概他一生都没有听过，正听得出神，没料到一拳打来，他躲也没躲，正好打在鼻子上。他痛得龇牙咧嘴，捂着鼻子说：

"哎哟！姑娘……你怎么每次一见面就打人！到底我箫剑

哪儿得罪你了？君子动口不动手……"

"我不是'君子'，我是'女子'，那些君子的事，别跟我说！你还是不还手是不是？不还手我就不客气了！"

小燕子说着，又是一拳打过去。这次，萧剑有了防备，拔腿就逃。

会宾楼的客房，是在二楼，有一个"走马转阁楼"的走廊，一边是天井，四周有栏杆，一边是房间。萧剑就绕着回廊跑，小燕子绕着回廊追。

柳青、柳红、蒙丹、尔康、永琪、紫薇、金琐都追了过来。永琪喊着：

"小燕子！你不要闹了！我们那么多的事，已经忙不完了，你还要打架！"

小燕子不管永琪和众人，追着萧剑喊：

"萧剑！你不要跑！我有问题要问你！"

萧剑举起双手，喊着：

"你不打人，我就回答你的问题！"

"好！我不打人！"

萧剑站住了，傻乎乎地问：

"你有什么问题？"

"刚刚我们在你隔壁谈话，你有没有偷听？"小燕子直截了当地问。

"我没有'偷听'，我大大方方地听！还吹箫提醒你们，我在隔壁！"萧剑也直截了当地回答。

这一下，所有的人都大惊失色。小燕子顿时柳眉倒竖，杏眼圆睁，大吼一声："我打死你这个'偷听鬼'！"她扑了过去，对着箫剑拳打脚踢。

箫剑手忙脚乱，举着箫，挨了好几下，嘴里大嚷："姑娘说不打人，还是打人，哪有这样的道理？你有问题，我坦白回答，这样坦诚相待，你怎么还是动手？"说着，再度绕着回廊跑。

小燕子再度绕着回廊追，一面怒冲冲地喊：

"我们的秘密，都被你听去了，现在，只好打死你！"

"姑娘好说……"

"我不好说！"小燕子喊着，"你会不会打架？"

"君子动口不动手……我不会打架！"

"不会才怪！你不打，我就打死你！"两人一面吵架，一面绕着回廊跑。

紫薇看着大家，低低说：

"不好！秘密被他知道了，怎么办？"

"不忙！看看他的底细再说！我们先观望一下！"尔康说。

大家就惊疑不定地退在一边，看着二人追追跑跑。

小燕子看到箫剑只是奔逃，气得不得了，追了一会儿，突然掉头，从反方向迎向箫剑。箫剑正没命地奔逃，没料到小燕子突然迎面奔来，大惊，已经刹车不及，两人竟然撞作一堆，都摔倒在地。箫剑大叫：

"哎哟！你追我应该从后面来，怎么从前面来？"

小燕子撞得好痛，揉着额头喊：

"你怎么硬撞？看到我来了，还不闪开？"

"也要闪得开啊……哎哟……"萧剑苦着脸说，"哎哟哎哟"地爬起身子。

不料，小燕子跳起来，一脚踹去，萧剑又跌了个四仰八叉。

柳红看不过去，扑上去，把小燕子一挡。

"好了！不要打了，我们还是坐下来谈谈吧！"

萧剑乘机爬了起来，急喊："是啊！我们还是谈谈比较好，哪有一个大姑娘，动不动就打人……"气了，瞪着小燕子："这样不懂礼貌，没有规矩，简直缺乏家教！"

小燕子已经站住了，一听这话，冲上前去再打。

"你居然敢说我没有家教！我就表现一下我的家教给你看！"

小燕子"哇"的一声大叫，对着他冲去。萧剑大骇，双手还要护着他那支箫，生怕把箫打坏了。就高举着箫，闪到柳红身后，对小燕子喊：

"我手里有箫，打坏了我没有关系，打坏了我的箫，我会跟你拼命！"

"那就拼命啊！"小燕子喊着，冲上前去，劈手抢去了那支箫，她挥着箫，"要这支箫，就来和我好好地打一架！"她一面嚷，一面飞身上了栏杆的柱子。

萧剑一看小燕子抢走了箫，就追了过来，情急地喊："小燕子！千万不要弄坏了箫，那是我爹遗留给我的东西……"说着，竟忘形地爬上栏杆，要索取那支箫，等到上了栏杆，才惊觉自己竟在栏杆上，大叫一声："我的天呀……这么高!"他一个站不稳，竟然翻落栏杆，掉下天井去。

蒙丹一看，再不出手，这个箫剑可能摔死，就飞跃而下，把他接住，落地。箫剑站稳，看着蒙丹，惊魂未定。蒙丹就托着他，再度飞身而起，上了阁楼。两人落回原地，箫剑佩服得五体投地：

"你们这些人，怎么可以飞上飞下，太神了吧！"

蒙丹转头对小燕子正色说：

"小燕子，师父有令，打到这儿为止！把箫剑的箫，还给人家！"

小燕子不情不愿地把箫还给箫剑。

箫剑接过了箫，松了口气，整整衣服，对大家一抱拳。他恢复了风度，非常诚恳、非常真挚地说：

"我们不要打架了，交个朋友如何？箫剑无意之间，听到一些不该听的话，但是，请各位放心！我不是多嘴的人。何况，在这个京城，我也人生地不熟，没有半个亲人朋友，除了我的箫、我的剑，也无人可说！更何况，你们个个侠骨柔肠，我箫剑相逢恨晚！对大家的所行所为，除了佩服，就是感动！这些，都是肺腑之言，如果你们信得过我箫剑，就交了我这个朋友，说不定我还能够帮你们一臂之力！如果信不过我，就麻烦哪一位，灭了我的口！免得秘密走漏！"

大家盯着他，深深地震撼了。尔康就把房门一开，诚恳地说：

"箫剑，我们里面说话！"

大家回到蒙丹的房间，这才重新认识。尔康一本正经，介绍大家给箫剑："我重新向你介绍一下我们这群人！"就一个个地介绍过去："这是五阿哥永琪，这是还珠格格小燕子，这是明珠格格紫薇，这是回族武士蒙丹，柳青、柳红你已经认识了，这是我们的小姐妹金琐……在下福尔康，是大学士福伦的长子，当今圣上的御前侍卫！"

箫剑非常震动地看着大家，深吸了口气，睁大眼睛。

"我就知道你们不是普通人，但是，这么'不普通'，还是让我吓了一跳！"他看着小燕子，"原来你就是轰动一时的那个还珠格格！"

"对！我就是还珠格格！"

永琪就上前一步，诚挚地问：

"我们已经把真实身份，都坦白地告诉你了！那么，你是不是也可以告诉我们，你的真实身份呢？"

箫剑看着大家，眼神变得深邃起来：

"我的身世，跟各位比起来，实在非常渺小。坦白说，箫剑不是我的本名，但是，我的本名叫什么，我自己并不知道。我自幼遭逢家庭变故，一家人都被仇家害死，父母双亡，我被一个世伯收养。姓了世伯的姓，名字是世伯给的。五年前世伯才告诉我真相。交给我家父留下的两样东西，一支箫，一把剑！从那天起，我改名叫箫剑，开始流浪，想……"

小燕子睁大了眼睛：

"我知道了，你在找寻你的杀父仇人，想报仇！"

箫剑深深地看了小燕子一眼：

"并不完全如此！我世伯告诉我，我还有一个弟弟，在家变时失散。我想找到那个失散的兄弟！所以，我叫萧剑，如果我的兄弟也知道这个故事，可以从我的名字找到我！好了，我的故事就是这样！我不是什么江湖奇侠，也不是什么名门子弟，只是一个孤独的流浪人而已！"

大家这才恍然大悟，就对萧剑无限同情起来。尔康豪迈地说：

"原来如此！既然我们大家认识了，我想，你就不会再孤独了！"

萧剑眼睛一亮，气壮山河地说道："我是'一箫一剑走江湖，千古情愁酒一壶'，只要有酒，从不会感怀自伤！我早已把所有的人生际遇，都当成生命里的历练了！不论是好的坏的，我来者不拒！"就笑看大家："现在，轮到你们告诉我，我听得糊里糊涂的那个逃亡计划，是怎么一回事了。"

大家神情严肃，正要诉说，小燕子一拦。

"不忙不忙，萧剑，你先告诉我一件事，你到底会不会武功？会不会剑术？"

"当然不会！"萧剑睁大了眼睛。

"不会！不会你为什么取名字叫'萧剑'？"小燕子也睁大眼睛。

"谁说我名字叫萧剑，我就要会剑术呢？那么，你叫小燕子，难道也是只燕子吗？"

小燕子被问住了，傻眼了。

就在大家都逗留在会宾楼，又是打架，又是交朋友，又是商量大计的时候，含香已经逃不掉她的噩运，被侍卫带进了慈宁宫。原来，这天是傅恒的寿诞，乾隆被请去傅家看戏。太后见乾隆不在宫里，认为机不可失，就立刻把含香给捉了过来。

"启禀老佛爷，香妃娘娘带到！"

侍卫们一推，含香踉跄站稳，抬头一看，太后站在前面，皇后站在旁边，容嬷嬷和桂嬷嬷两旁肃立，后面还有一排嬷嬷和太监，晴儿不受注意地站在最后面。含香一看这种气势，已经胆战心惊，战栗地请安：

"老佛爷吉祥！皇后娘娘吉祥！"

太后盯着含香，眼神凌厉，大声说：

"你给我跪下！"

"老佛爷，皇上说我可以不跪！"含香挺立着，自有一股傲气。

"不跪？放肆！容嬷嬷！"

容嬷嬷上前，对着含香膝弯一踢。含香站不稳，立刻跪下了。

太后声色俱厉地说：

"你老实告诉我，皇帝的手腕，是怎么受伤的？不要用花瓶碎片那一套来糊弄我，太医已经说了，那个伤口是利器所伤！你的屋里，怎么会有利器？是刀是剑还是匕首？快说！"

"回太后，"含香的心脏，嘣咚嘣咚跳着，她勉强维持着冷静，"不是利器，就像……就像皇上说的，是花瓶碎片割伤，太后不信，请问皇上！"

"问皇上？你真的有恃无恐了，是不是？皇上会帮你解围，我知道！皇上会为你撒谎，我也知道！现在，我不要问皇上，我只要问你！"

"我……我还是那句话！"

皇后对太后附耳说道：

"恐怕她是不见棺材不掉泪！听说他们回人，脾气倔强得很，大概问不出所以然来！"

"容嬷嬷！桂嬷嬷！家法伺候！"

两个嬷嬷上前，站在含香的面前。另外一个嬷嬷，就捧着一盘金针上前待命。

含香一看那些金针，已经吓得脸色大变。

"容嬷嬷！你跟她说说！"

容嬷嬷就看着含香，冷幽幽地说道："香妃娘娘，老佛爷问话，从来没有人敢不回答！我劝你还是说实话吧！你这样细皮嫩肉的，真要弄几百个小洞，不是挺可惜吗？"一面说着，她就拿起几根针来，放在嘴边吹着。

"香妃！我再问你一次，你和皇帝之间，到底是怎么回事？"太后再问，"你用了什么狐媚功夫，迷惑了皇帝？你让皇帝夜夜春宵，弄得他精神恍惚，这才受伤了，是不是？"

"不是！不是！"含香又急又怕，喊着。

"那么，是什么？"

含香闭紧了嘴，不说话。

"容嬷嬷！桂嬷嬷！"

两个嬷嬷各握了一把针，蓦然之间，把含香按倒在地，对她腰间戳去。

"啊……"含香惨叫，匍匐在地，脸色惨白。

"你要不要说了？"

含香骤然抬头，眸子里闪出了火焰。她豁出去了，坚定地、勇敢地、不顾一切地说了出来：

"太后！我告诉你吧！自从我进了皇宫，皇上从来没有得到过我！我依然干净得像我来的时候一样！什么夜夜春宵，那都是你们的想象！皇上答应过我，除非我愿意，他不能强迫我做任何事！可是，那晚，他忘形了！所以我一时情急，用匕首刺伤了皇上，来保持我的清白！"

含香此话一出，太后、皇后都傻了。太后匪夷所思地说：

"你刺伤了皇帝？为了保持你的清白？"

"是！"含香傲然地说。

"你说，皇上从来没有得到过你？"皇后忍不住插口了。

"是！"

太后和皇后对看，两人都震撼着。半晌，太后厉声说道：

"容嬷嬷！桂嬷嬷！先把她带到密室里去，检查一下回报！"

"喳！"

两个嬷嬷就拖着含香而去。

晴儿看得心惊胆战，知道这一下，含香凶多吉少。她悄悄一看，没有人注意她，就转身溜出门外去了。

她一口气跑到漱芳斋，小邓子、小卓子惊讶地迎上前来请安：

"晴格格吉祥！"

"你们的主子呢？"晴儿急促地问。

小邓子和小卓子早就知道，晴格格和小燕子他们都是"自己人"了，就坦白说：

"他们得到皇上的特许，都出宫去了！"

"出宫了？全体去了吗？尔康和五阿哥呢？"晴儿大惊。

"他们每次都是一起出去的！"

晴儿顿时心慌意乱，怎么这样巧，乾隆不在，小燕子她们也不在！谁来救香妃呢？她想了想，当机立断，有力地吩咐：

"小邓子，你马上去把他们找回来，告诉他们，老佛爷要杀香妃！小卓子！你立刻跑一趟傅六爷家，皇上今天在那儿看戏！告诉皇上！赶快回宫！快！马上行动！香妃娘娘的命，在你们手上了，知道吗？"

小邓子、小卓子神色一凛。

"喳！"

两人就气急败坏地往外冲去。

晴儿飞快奔回慈宁宫，发现所有的人都在密室里。

她赶紧溜进密室，只见含香被几个面无表情的太监，按着肩膀，跪在地上。太后、皇后、容嬷嬷、桂嬷嬷和其他嬷嬷，都站在她面前，像看一件稀罕东西似的看着她。太后震惊极了，一脸的不可思议，问：

"什么？居然还是女儿身？我不相信，怎会这样离谱？"

"绝对不错，已经仔细地检查过了，还是完璧！"容嬷嬷说。

"岂有此理！她把皇帝当成什么了？封了她做妃子，她还要保持清白，不能保持清白，就用匕首刺杀皇帝！这还了得！"

"老佛爷！"皇后心惊胆战地对太后说，"这事太严重了，皇上被刺，居然不吭声，还帮她掩饰！香妃进宫半年，还能保持完璧！皇上对她的迷恋，可以说已经到了走火入魔的地步！把这样一个凶手，养在枕头旁边，臣妾想想，就浑身寒毛都竖起来了！"

容嬷嬷再加了几句：

"这个香妃娘娘，浑身香得古怪，只怕这种香味，有'迷魂'作用！那个阿里和卓，把香妃献给皇上，用心大有问题！"

太后越听越有道理，恨极地看着含香：

"无论如何！刺杀皇帝，就是死罪一条！我身为皇太后，怎能让一个刺客侍候皇帝！香妃！你还有什么话好说？"

含香傲然地看着太后，知道自己难逃一死，就双手交叉在胸前，说：

"含香还有几句话不能不说！当初，我奉父命进宫，侍候皇上！我爹确实带着'忍痛割爱'的心情，明知道我是几千几万个不愿意，仍然勉强我去做！请老佛爷明察，我爹委曲求全，用心良苦！请不要因为我的失败，冤枉了我爹的一番好意！至于我自己，已经没有话好说！我学过一句中国成语，士可杀不可辱！但求，免于侮辱，给予全尸！再帮我谢谢皇上，他的一片心，我终于辜负了！"

太后听了，心里掠过一抹恻然，脸上有一刹那的犹豫。皇后立刻一步上前：

"老佛爷，为了皇上的生命健康，请拿定主意！"

容嬷嬷再一步上前：

"老佛爷，事不宜迟！如果皇上回宫，什么事都不能办了！"

太后震动了一下，就严肃地说道：

"东西拿来！"

就有太监，手捧一个盘子，上面放着三件东西"白绫一条、毒药一瓶、匕首一把"，捧到太后面前。

"把东西放在桌上！"

三件东西，一件一件放上桌。

"香妃！我今天赐你一死！白绫一条，毒药一瓶，匕首一把！三件东西，你可以选一样！马上去选吧！"

含香看了看那三样东西，就对着窗外，行回族大礼，心里，低低地说着：

"蒙丹，对不起！皇上，对不起！爹，对不起！紫薇、小燕子、永琪、尔康……对不起！含香先走一步了！"

含香行礼完毕，回过身子，一脸壮烈地走到桌前。

晴儿看到这里，再也忍不住了，不顾一切地冲了上去。她直奔到太后身前，扑通跪倒，急切地痛喊着：

"老佛爷请三思！香妃娘娘死不足惜，但是，皇上一定不会善罢甘休！尤其老佛爷趁皇上不在宫里，处死香妃，皇上知道之后，怎么受得了？难道老佛爷一点都不在乎母子之情吗？"

太后听了，心里确实顾忌，愣了一下。皇后急忙说：

"晴儿这话错了！老佛爷就是母子情深，这才忍不住为皇上除害！宁可今天被皇上怨恨，不能让皇上有丝毫的闪失呀！"

皇后这几句话，可说到太后心坎里去了。太后就一甩头，毅然决然地说道：

"香妃！你的时辰到了！"

含香就伸手去拿那瓶毒药。

"这瓶毒药，一定很快吧？"她问。

"那是鹤顶红，只要一个时辰，就过去了！"

晴儿情急，跳起身子，想去抢那瓶毒药，嘴里急喊着：

"老佛爷！请您收回成命吧！救人一命胜造七级浮屠呀！晴儿为老佛爷的福祉请命，快收回成命吧！"

太后厉声说道：

"把晴格格拦下来！"

"喳！"

几个嬷嬷上前。七手八脚地拉住晴儿。晴儿拼命挣扎，激动得不得了：

"老佛爷！不可以呀……香妃，不要……不要喝！千万不要！老佛爷……请仁慈一点……"

太后厉声喊："晴儿！连你也被迷惑了吗？"就掉头看香妃："香妃，你还犹豫什么？"

含香对晴儿行了一个回族礼：

"晴格格！请把我的祝福，带给每一个人！"

含香说完，就打开瓶盖，对着窗外的天空，凄然大喊：

"蒙丹！从此，我化为风，不会再和你分开了！我来了！"

晴儿大叫：

"香妃……不要……不要……不要……"

含香已经壮烈地举起药瓶，一饮而尽。

第五章

当尔康、永琪他们得到消息，冲回皇宫的时候，魂不守舍的晴儿正在宫门口等他们。看到众人，晴儿含泪地、急促地迎过来：

"我眼看着她把那瓶鹤顶红吞了下去，就是没有办法救她！我努力过了，跟老佛爷又跪又求，还试图抢下那瓶药……都没有用！"

"她已经死了吗？"紫薇尖声地问。

"还没有！已经送回宝月楼，老佛爷答应让她死得有尊严！"

小燕子一跺脚，心痛如绞，大喊：

"人死了，还谈什么尊严不尊严？我去宝月楼！我去救她……"

小燕子拔腿就跑，紫薇、尔康等人都追了过去。晴儿不敢再耽搁，怕太后找她，匆匆赶回慈宁宫了。

大家跑进宝月楼，紫薇、小燕子、金琐就冲进了卧室。尔康和永琪不便进入娘娘的内室，都站在大厅里等候消息。

含香躺在床上，已经气若游丝，脸色惨白，维娜、吉娜围在床前哭泣。紫薇、小燕子一看，两人都魂飞魄散，心胆俱裂。

"含香！含香！"小燕子痛喊出声。

紫薇冲到床前，不敢相信地看着含香，疯狂地摇头：

"不不不！不可能的！这是不可能的事，我们才离开一下子，怎么会变成这样？"

小燕子就合身扑在含香身上，摇着她，喊着：

"什么毒药？什么鹤顶红？你为什么要吃？哪有这么听话？给你毒药你也吃？不是跟你说了吗……不要承认不要承认呀……你起来！起来！把药吐出来。你还没有死，我们还来得及……"

金琐直着眼睛喊："凝香丸！小姐！快去找凝香丸！上次你病得要死的时候，那个凝香丸救了你一命！"就一把拉住维娜，激动地问："凝香丸放在哪里？"

维娜、吉娜哭得稀里哗啦，对于汉文又不懂，拼命摇头哭泣。金琐推开二人：

"我自己来找！"

金琐就翻箱倒柜地找凝香丸。

紫薇抱着含香的上半身，企图让她呕吐：

"含香，含香！听我的！你把药吐出来……"

"对对对！赶快吐出来！"小燕子红着眼圈喊，就去抠她的嘴，又去压她的胃，"吐出来！吐出来！"

含香被紫薇和小燕子一阵折腾，眼睛睁开了。小燕子尖叫：

"她醒了！她醒了！含香……看着我！永琪已经宣太医了，太医马上要来了，我们会救你的！你要争气一点，不要放弃……"

"含香，提着你的一口气，像我当初一样，心里想着蒙丹，他刚刚得到你有危险的消息，已经快要发疯了！想想他……如果他失去了你，他要怎么办？想想我们的'大计划'……"紫薇也语无伦次地喊。

含香有气无力地看着二人，嘴巴动了动，声音低得几乎听不出来：

"告诉他……告诉他……我……我好想见他一面啊……"

"你撑着，维持着这口气，我想办法让他来见你……"紫薇喊。

"对不起……你们忙了那么久……都白忙了！"

含香说完，脑袋一歪，失去了知觉。小燕子尖叫：

"含香……不要死，求求你不要死……"

这时，乾隆踉踉跄跄地冲进房来，震惊地大喊：

"香妃！你怎样了？香妃……"

乾隆一眼看到躺在紫薇怀里，已经毫无生气的含香，就完全震住了。

紫薇和小燕子都快崩溃了，紫薇就疯狂地摇着含香。小燕子疯狂地掐着她的人中，压着她的胃，抠着她的嘴。两人都一边哭，一边喊：

"振作起来！我求求你……不要放弃，为了我们大家，不要放弃呀！"

"我不相信，我绝对不相信，我要你活过来……你活过来……"

金琐好不容易，在柜子里找到了那个锦囊，急促地大喊：

"找到了！找到了！凝香丸……快！水……给我一杯水……"

维娜、吉娜终于明白了，急急地倒了水拿过去。

"小姐，你捏着她的嘴……"

乾隆一个箭步奔上前来，哑声吼道："让朕来！"乾隆就推开紫薇，抱住含香的头，捏住含香的嘴："小燕子，快！把药塞进去！"

小燕子拿了一颗凝香丸，捏碎了蜡封，把药丸塞进含香嘴里，再用杯子凑近她的嘴唇灌水。谁知，含香已经不会吞咽，水全从嘴角流出来。

"她喝不进去……天啊！"小燕子尖叫。

金琐想了起来，急呼：

"不要水！不要水！上次救小姐的时候没有用水！捏紧她的嘴，让她咽下去！"

乾隆就用手合起含香的嘴，一瞬也不瞬地盯着她，强烈地喊着：

"香妃！咽下去！朕命令你，听到没有？不要让朕遗憾终身，朕是那么喜欢你，怜惜你！朕不允许你死！"

"咽呀！吞下去呀！努力呀！"小燕子拼命喊。

大家紧盯着含香。可是，她动也不动。紫薇急得六神无主，叫着：

"没有用，她根本没有咽下去！那颗药一直含在嘴里……她不会咽了，怎么办？怎么办……"

"不行不行……我要让她咽下去……"

小燕子说着，就不顾一切地扑在含香身上，用嘴对着含香的嘴，向里面吐气。

乾隆抱着含香，努力让她坐得比较直一点。紫薇搓着她的手，哭着喊：

"我搓你的手，不要冷掉！不要冷掉！"

金琐拿着药瓶，紧张地观望。

只听到含香喉咙里"咕嘟"一声，那颗药咽下去了。金琐大叫：

"咽下去了！咽下去了！要不要再吃一颗？"

"还有几颗？"乾隆问。

"还有三颗！"

小燕子又是汗，又是泪地抬头：

"再来再来，全体给她灌下去！"

"可以吃那么多吗？会不会中毒呀？"紫薇害怕地问。

"她已经中毒了，还管她会不会中毒！"小燕子喊。

大家看着含香，只见她依旧了无生气。

"没有时间犹豫了，通通给她灌下去！"乾隆哑声地吼着，注视着含香，"朕冒险了！你争气一点，不要让朕后悔！"

小燕子再塞了一颗药丸进去，再用嘴对嘴地吐气。咕嘟一声，第二颗药也喂进去了。小燕子抬头，盯着含香痛喊：

"含香！活过来！活过来！"

含香毫无动静，看样子就要去了。小燕子一面哭，一面把第三颗药喂进去。含香还是没有反应。小燕子害怕了，看着乾隆。

"还要不要再喂呀？我好怕……"

"喂吧！还能比现在更坏吗？"乾隆喊着。

小燕子喂了第四颗药。

"皇上！"金琐回忆着，"上次香妃娘娘救小姐的时候，等了好一阵才见效，恐怕要把娘娘的身子放平，大家等一下看看！"

乾隆早已乱了方寸，听到金琐这样说，就赶紧把含香的身子放平。他站起身来，大家围在床边，目不转睛地看着含香。

这时，有一只蝴蝶飞了进来，绕室飞舞。紫薇震撼地、低低地喊：

"蝴蝶！"

第二只蝴蝶又飞了进来。小燕子惊喊：

"蝴蝶！"

然后，大家就看到好多好多蝴蝶，正从视窗飞了进来。大家看着那些蝴蝶，目瞪口呆。只见蝴蝶成群地飞向含香。房里，那股像桂花像茉莉的香味，就浓浓郁郁地弥漫着，整个宝月楼都异香扑鼻。小燕子害怕地低语：

"为什么蝴蝶都来了？"

乾隆瞪着那些蝴蝶，震撼到了极点，身不由己地往后退。

众人就不约而同地站起身子，跟着乾隆倒退开去，似乎要把含香留给蝴蝶。

含香静静地躺在床上，奄奄一息，却依旧美丽。无数的蝴蝶，绕着床飞舞。有一只蝴蝶，停在她的嘴唇上。更多的蝴蝶，停在她的发际眉梢。

众人都被这种景象，震惊得无法动弹。

紫薇站在乾隆身边，体会到蝴蝶的到来，意味着含香大限已到，心碎了。

"蝴蝶都知道了……它们来跟她送行，跟她告别了！她要走了……我们救不活她了！"紫薇落泪说。

乾隆心中掠过一阵剧痛，紫薇说中了他所体会的，看着蝴蝶和含香，眼角不禁滑下了泪。此时此刻，他心里真有数不清的无奈和痛楚：

"怎么知道，朕的爱，竟然成为杀她的凶手！"

小燕子目不转睛地看着那些蝴蝶，听到紫薇和乾隆的话，泪水就疯狂地掉下来。她摇着头，不愿相信，也不能相信地说：

"不不不！蝴蝶不是来送行，是来保护她……她是蝴蝶仙子，她是花仙子……仙子怎么会死呢？蝴蝶来保护她……"

维娜、吉娜哭着，用回语说：

"公主！我们给你送行了！你好好地去吧！"

维娜和吉娜，就双手交叉，合在胸前，行回族告别式，高诵着《可兰经》。

大家不再说话，只是震撼地看着蝴蝶绕床飞舞。

含香的脸色变得无比地宁静，无比地祥和，蝴蝶围绕着她，把她衬托得像个沉睡的仙子。景象凄美无比。

这时，四个太医匆匆赶到，冲进房来，被门里的景象震住了。

乾隆做了一个手势，要他们不要惊扰含香。太医们赶紧躬身而立，动也不动。

只见蝴蝶绕床飞了一阵，纷纷从窗子飞走了。小燕子大痛，喊了起来：

"蝴蝶！不要走呀，不要走……她还没死……还没死，你们回来呀……"

紫薇紧紧地看着含香：

"她去了吗？她还有呼吸没有？"

乾隆对四个太医一挥手：

"快去看！"

"臣遵旨！"

四个太医上前，急急诊治，把脉的把脉，察看瞳仁的查看瞳仁，诊视半晌，大家抬头，彼此悄悄递着眼色。再低头继续诊治，神色凝重。

室内众人，全部屏息以待。胡太医站起身来，对乾隆一跪，禀道：

"皇上请节哀，香妃娘娘已经去了！"

小燕子惨叫一声，飞扑到含香身上、疯狂地摇着含香，狂叫：

"不要……不要……你起来！你答应过我，要活着！要活着……死了还能做什么？你变不成风，变不成沙，死了什么都没有了……你起来……起来……"

紫薇扑进金琐怀里，两人紧拥着哭泣。

在大厅里等待的尔康和永琪，也都听到了，两人脸色惨变。

"太医已经宣布，香妃去了！"永琪说。

尔康扑到窗子上，绝望地看着窗外，低声说：

"蒙丹！对不起！"

同一时间，在会宾楼的客房里，蒙丹正凭窗而立，仰望长空。他闻到空气中，忽然弥漫的花香；那么熟悉的花香，是含香的气息！他看到成群的蝴蝶，在空中掠过，飞向皇宫。他也看到，那些蝴蝶，从宫中飞出来，四散而去。他震动极了！知道那表示什么，他的含香，正要羽化成仙！他无法承受这个，他要他的含香，活生生的含香！站在那儿，他用尽全身的力气，对着皇宫呐喊：

"含香……"

他的呼唤，穿云透天而去。

含香躺在床上，在一屋子的啜泣声中，平静地安息了。

忽然空中，隐隐有一声呼唤传来：

"含香……"

含香突然战栗了一下，蓦然睁开了眼睛。

小燕子、紫薇、金琐、乾隆都瞪大了眼睛，不敢相信地看着。

"含香……含香……"

有人在喊她！蒙丹在喊她！含香突然从床上坐了起来。

"他在叫我！"她吐出了四个字。

小燕子眼睛睁得好大好大，嘴巴也张得好大好大。紫薇低低地、小声地说：

"她活了……她活了……"

金琐把拳头送到嘴边去咬了一下，觉得痛，才有真实感了，大叫：

"小姐！她活过来了！她坐起来了！她的眼睛睁开了，她没有死，没有死……"

乾隆狂喊：

"太医！太医！"

四个太医跌跌冲冲地奔到床前，目瞪口呆地看着含香。然后，赶紧采取行动，先把含香放平，再紧张地诊治把脉，彼此你看我，我看你，不可思议地低声讨论，不相信地再去诊治，再讨论。终于，大家抬头，胡太医对着乾隆，"嘣咚"一跪：

"启禀皇上，娘娘活过来了！真是不可思议……"

李太医也"嘣咚"一跪：

"从来没有吃下鹤顶红还能活命的人，可能那个凝香丸收到了以毒攻毒的效果！"

"她活了？"乾隆震动已极地问。

"回皇上，真是奇迹啊！她死而复生了！"太医们全部跪了下去。

乾隆这才冲到床边去，低头看含香，狂喜起来，充满感恩地喊：

"谢谢老天！香妃……这样的失而复得，死而复生，你是奇迹中的奇迹啊！朕谢谢你活过来！谢谢你再给朕一个机会，让朕重建你的幸福！"

含香极度衰弱，神思恍惚着。

小燕子有了真实感了，双手伸向天空，"哇"地大叫了一声，扑向床前，语无伦次地喊："哇……你活了！你好伟大，把死神都打败了！哇，我要大笑……哈哈！"才笑着，眼泪就掉下来："对不起，我要大哭……"就"哇"的一声，放声痛哭，伸手紧紧地抱着含香："你吓死我了！吓死我了！"

紫薇和金琐，哪里还忍得住，通通跑上前来，拥住含香。

三个女孩，又哭又笑。虚弱的含香，看到大家如此，泪眼迷蒙。

在大厅里，永琪和尔康听着这一切，两人喜出望外，重重地一击掌。

"你相信吗？她活了！上天有好生之德！"永琪说。

"所有的奇迹，都被我们碰上了……"尔康说，忽然感觉到有些异样，不禁吸了吸鼻子，迷惑地说，"五阿哥，香味没有了！"

"什么？"

"你闻闻看，含香的香味，好像没有了！那股浓浓的花香，现在一点也没有了！是不是？"

永琪重重地闻了闻，真的，那股浓郁的香气，现在完全消失了。永琪惊看尔康：

"真的，香味怎么没有了？"

两人深深地互视，惊疑不定。

"说不定只是暂时没有了……说不定含香现在太衰弱，没有力气维持那股香味了！"永琪犹疑地说。

"说不定是这样，也说不定……"尔康低声地，带着一种虔敬的神态说，"上天收回了它的赏赐，也解除了含香的负担！她死而重生，等于是一个新生命，'香妃'已去，活着的是不再有香味的含香，一个和我们一样平凡的生命！"

"这代表什么？"永琪震撼地问。

尔康迎视着永琪，也充满震撼地回答：

"代表着'幸福'，她终于可以拥有一份平凡人的幸福了！"

"是吗？"

尔康重重地点头，便虔诚地走到窗前，对着那广漠的穹苍凝视。永琪跟了过来。

"人太渺小了，永远不知道上苍的安排是怎样的。"尔康看着天空说。

"人太伟大了，有这么多的喜怒哀乐，来迎接上苍的安排！"永琪说。

尔康感动地笑了，看着天空。

天空上，层云飞卷，夕阳的光芒，正从云层深处，灿烂地四射出来。

当天晚上，永琪和尔康，就把这整个的经过情形，告诉了蒙丹。蒙丹目不转睛地听着，激动得一塌糊涂。柳青、柳红和箫剑在一旁，也深深地震撼着。

"现在，紫薇、小燕子她们都还守着她，四个太医也不敢离开，给她开了很多药，让她能够彻底把毒素排除掉。她目前非常衰弱，大家也不敢放松，生怕再有变化。但是，我想，她是死里逃生了！"尔康说着，就重重地拍着蒙丹的肩，"你的感觉，我比任何人都了解，我经历过相同的情形！"

蒙丹瞪视着尔康，呼吸沉重地鼓动着胸腔，哑声地问："什么叫作'生怕再有变化'？难道她情况还是不好？一定不会好！吃了鹤顶红，又'死过'一次，怎么会好？不行不行……"他一把抓住尔康的衣服："你得把我送进宫去，让我见她一面！"

"你怎么见她？"永琪冲口而出，"皇阿玛寸步不离，守在旁边，你就是进了宫，也见不到她呀！"

"皇上还是守着她？他已经差点害死了她，还守住她干什么？"蒙丹痛楚而焦灼，抬眼看众人，"我们是不是还照原先的计划？三天之后逃亡？"

"不行，一定要改期了！"尔康说，"如果你爱她，就再等一段日子，含香真的很衰弱，必须等她完全好了，你们才能逃亡！你想想，逃亡的时候，风霜雨露，奔波劳累，再加上担心害怕……如果她身子吃不消，怎么逃得掉？"

"这样一延再延，到底要延到什么时候？"

"蒙丹，你要理智一点！"柳红忍不住插嘴，"听尔康的安排，一定没错！你用用脑筋，含香刚刚死过一次，你总不能不顾她的身体状况，你们还有一辈子要相守呢！逃亡，是为了天长地久，不是吗？如果她的病不治好，你们怎么天长地久？"

"好一个逃亡是为了天长地久！"箫剑就站出来说，"听我一句话，如果不能马上逃亡，你们就想办法让他们见一面吧！"

"我反对！见面哪有那么容易？小不忍则乱大谋！蒙丹，你忍耐一下，我们尽快实行'大计划'！你知道吗？现在，'大计划'已经容易多了，我们最担心的一个问题不存在了。因为，含香不香了！"永琪说。

"含香不香了，是什么意思？"蒙丹惊问。

"我们不知道她是永远不香了，还是暂时不香了！她死而复生以后，香味就跟着飞走的蝴蝶一起消失了！"尔康振奋地看着蒙丹，"蒙丹，你们的第八次私奔，一定会成功，因为，上苍已经取消了它的魔法！"

蒙丹大震，眼睛闪亮，狂喜地问：

"真的？她不香了！她不香了……天啊，真神阿拉终于听到我们的祷告了！"

含香确实不香了。可是，她的情况一直不好。活过来之后，始终没有彻底清醒。她昏昏沉沉地躺着，神志不清，额上冒着冷汗，嘴里呓语不断，一直叫着蒙丹的名字。紫薇、小燕子、金琐、维娜、吉娜都围绕在床边，给她拭汗，给她用水沾湿嘴唇，给她冷敷，给她喂药，给她做这做那，忙忙碌碌。

"蒙丹……蒙丹……蒙丹……"含香断断续续地低喊着。

紫薇假装给她擦汗，轻轻地蒙住她的嘴。

乾隆坐在床边的一张椅子里，目不转睛地看着她。

"她在说什么？"乾隆问。

"听不清楚，在说梦话！"

"她说'被单，被单'！"小燕子转着眼珠，胡乱地掩饰。

乾隆好困惑，皱了皱眉头。紫薇不安地走到乾隆面前，推了推他的手：

"皇阿玛！你回去休息吧！这儿有我们，四个太医又在外厅守候，应该没有问题了。你也累了这么一天，明天还要上早朝，去歇着吧！"

乾隆不安地看了含香一眼：

"不知道她是不是完全脱离险境了，朕实在好担心！"

"皇阿玛放心，如果老天要带走她，刚刚就带走了！"紫薇说，"她既然能够死里逃生，我想……她大难不死，必有后福！"

乾隆就看了紫薇一会儿，又看看小燕子，非常感动地说：

"紫薇，小燕子，你们两个真好！"

紫薇和小燕子一怔，乾隆就伸手，一手握着紫薇，一手握着小燕子，左看右看，充满感性地说道：

"今天，我看到你们拼命抢救香妃，那种真情流露，让朕深深地震撼和感动。朕有众多的儿女，从来没有任何一个，能够对朕的妃子，表现出这样无私的热情。朕好珍惜你们这种热情，谢谢你们为朕做的事！"

小燕子和紫薇对看了一眼，两人眼中，都充满了惊愕、震动和不安。小燕子就坦白地说：

"皇阿玛！我们救香妃，是因为我们喜欢她，并不因为她是你的妃子……"

"朕已经充满感激，你又何必急着撇清呢！"乾隆打断小燕子，叹了口气，自以为很了解地说，"为了令妃，是不是？你们跟朕一样矛盾，对香妃好，觉得对不起令妃！可是，又没有办法抗拒香妃的吸引力！"说着，他看看含香："这样的女子，不只是朕为她心动，你们也没办法不爱她吧！"

乾隆的感激，让紫薇好痛苦，她低着头不说话。小燕子也不知道该说什么好。

乾隆深思了一下，就站起身来说道：

"好了，朕信任你们两个！朕不是需要休息，而是有件事不能不办！朕得去老佛爷那儿一趟！要不然，就算救活了香妃，恐怕朕一个疏忽，她依然难逃一死！"

小燕子和紫薇神色一凛。是啊！

太后已经知道含香"死而复生"的故事，是容嬷嬷前来报告的。

"什么？死而复生？怎会有这种事？我不相信！"太后震惊地说。

"老佛爷，是千真万确的事！听说，死了快半盏茶的时间，四个太医都放弃了！可是，又忽然活过来了！"容嬷嬷说。

"那个鹤顶红不是百无一失的吗？"皇后睁大了眼睛，"我们不是亲眼看到她喝下去的吗？从来，吃了鹤顶红，就不可能再活！"

"这次就不灵了！奴婢早就说过，那个香妃娘娘和两位格格，都有妖法……"容嬷嬷绘声绘色地说，"听说，香妃娘娘快死了，还珠格格和紫薇格格赶到，在床前不知道作了什么法术，所有的蝴蝶都飞来了，飞到香妃娘娘的嘴唇上去吸取毒汁，吸完毒汁，蝴蝶飞走了……娘娘就活过来了！那些宫女、太监们说得活灵活现，大家都看到蝴蝶飞进飞出，真是古怪极了！"

皇后好震动。太后也好震动。太后就愤愤不平地说道：

"她的法术大，妖术大，连我这个太后都治不了她，那要怎么办才好？难道，让她继续在宫里作威作福，随时准备刺杀皇帝不成？"

晴儿听到香妃死而复活，心里的一块石头落了地，说不出来有多么安慰。忍不住，上前屈了屈膝，诚挚地说：

"老佛爷，我觉得观音菩萨一定在暗中保佑老佛爷，才让香妃娘娘死里逃生！如果香妃娘娘今天真的死了，皇上不知道会多么震怒！恐怕老佛爷会面对一场前所未有的风暴！就是皇后娘娘，大概也难逃皇上的追究！现在，香妃娘娘幸好有上天保佑，活过来了！老佛爷正好息事宁人，让这件事过去吧！千万不要再伤害她，更不要伤害皇上的心！要知道，人好脆弱，随时都会受伤，可是，人也好坚强，可以治愈各种伤口……只有'伤心'，是治不好的！"

太后震动地看着晴儿，还没开口，皇后就抢着说道：

"话不是这么说，如果为了不要皇上伤心，而要用皇上的生命来冒险，那么，是'伤心'严重？还是'伤命'严重？"

晴儿迎视着皇后，勇敢地、郑重地说：

"香妃不过让皇上受了一点点小伤，说不定对皇上而言，'打是亲，骂是爱'呢！那条小口子，丝毫没有影响皇上的健康，也没有让皇上少爱她一点！可是……宫里有许多娘娘，本来皇上都很喜欢很尊敬的，只因为言辞锋利，手段激烈，伤了皇上的心，皇上就再不回头了！"

皇后被晴儿说破心事，跟跄后退，脸色苍白了。

就在这时，外面传来太监大声的通报：

"皇上驾到！"

众人全部一惊。

晴儿就急促地拉了拉太后的衣袖，给了太后一个哀恳的眼光。

皇后心中胆怯，看了容嬷嬷一眼，两人就悄悄地退后了几步。

乾隆大踏步地走了进来。太后急忙迎上前去：

"皇帝！这么晚了，你还没有休息？"

乾隆不语，眼光环室一扫，皇后只好屈膝：

"臣妾叩见皇上！"

容嬷嬷也急忙请安：

"万岁爷吉祥！"

乾隆给了两人一个凌厉的眼光，就不再看她们两个。他看着太后，脸上，一点阳光也没有，神色是凝重而严肃的，正色说道：

"皇额娘！上次朕为了紫薇丫头受伤，才和皇额娘恳谈过一次，没想到，更严酷的手段，会再度发生！老佛爷要处死香妃，是不是也要处死儿子呢？"

太后大震，踉跄一退：

"皇帝！你怎么说得这样严重？"

乾隆正视太后，语气铿然地说：

"老佛爷，朕和香妃之间的感情、是非、因果都不是老佛爷能够了解的，朕不想去说明白，也说不明白！总之，朕现在亲口告诉您，朕要香妃！这么多年以来，朕没有这样为一个女子心动！谁伤害了她，就是伤害朕！如果香妃有个不测，所有有关联的人，朕一概治罪！老佛爷，您是朕的亲娘，不要用'爱朕'两个字，来做让朕深恶痛绝的事！如果把朕逼到没有退路，就不要怪朕不孝，所有的后果，老佛爷只有自己承担！"

太后张口结舌，惊得说不出话来。乾隆躬身行礼：

"言尽于此，儿子告退了！"

乾隆说完，就转过身子，头也不回地去了。

太后大受打击，双脚一软，几乎站立不住。晴儿急忙扶住。

皇后和容嬷嬷，都脸如死灰了。

这一夜，含香始终再没有清醒。

紫薇、小燕子衣不解带地坐在床边，匍匐在床边看着她。维娜、吉娜在一边祈祷。药一次一次地端过来，但是，含香昏迷着，那些药也喂不进去。

"蝴蝶……蒙丹，快逃！蝴蝶又来了，怎么办？怎么办？

蒙丹……有蝴蝶……"

含香不断地呓语，痛苦地摇着头。金琐担心地问：

"她好像很难过，要不要让太医进来看看？"

"已经看过好几遍了，她嘴里一直叫蒙丹，我都心惊胆战！还好皇阿玛离开了！"紫薇焦灼地说。

"一定要叫醒她，把药喂进去！不吃药，身体里的毒素怎么能排除呢？太医说这药非吃不可！"小燕子说。

"对！来，我们一起叫她！"紫薇就喊着，"含香！醒来！醒来！"

"含香！"小燕子摇着含香喊，"不要再睡了！睁开眼睛看看我们，跟我们说话，你这个样子，我们很害怕呀！"

含香呻吟了一声，睁开眼睛，神思恍惚地看着大家。眼光在人群里徒劳地搜寻着，渴求地低喃：

"蒙丹……你在哪里？我……看不到你啊！"

小燕子和紫薇痛楚地对看。

第二天，含香还是没有清醒。

小燕子无法再这样等待下去了，她奔到景阳宫，找到永琪和尔康，激动地说：

"尔康，永琪，我不管你们用什么办法，你们一定要把蒙丹送进宫来，见她一面！要不然，我们虽然把她从鬼门关拖回来，她还是会死的！她一直叫他的名字，睁开眼睛就找他……他不来，没有人能够救她！"

"好好好！你不要激动，我们想办法，我马上想办法！"永琪说。

尔康转着眼珠，苦苦地想办法：

"上次，蒙丹是扮成萨满法师进宫的，很多人都认得他了。这次，只好还是用同样的身份进宫，要不然，会更加让人疑心！"

"萨满法师怎么进来呢？现在又没有庆典，又没有驱鬼舞！"

"萨满法师进宫，不一定要庆典，娘娘有难，一样可以请法师来做法……不过，这次我们不要偷偷摸摸地进来，最好是大大方方地进来……"尔康深思地说，抬头看着小燕子，"小燕子！这事你得帮忙才行！"

小燕子拼命点头。

于是，这天，当乾隆到宝月楼来探视含香的时候，小燕子跑到乾隆面前，急切地说道：

"皇阿玛！我想请萨满法师来给她作法！上次紫薇病得快死掉，虽然救活了，身体一直不好，后来，我们请来萨满法师，到漱芳斋作法驱鬼，结果还真的有效！"

"萨满法师？"乾隆有些疑惑。

紫薇看着乾隆，一个劲儿地点头：

"现在是非常时期，不管有用没用，我们都可以试一试！"

"对！不管有用没用，什么方法都可以试一试！"乾隆看着昏迷的含香，心里实在着急，不论是萨满法师还是新疆法师，只要能救含香，他全部接受！

第六章

　　再扮萨满法师进宫，这可不是一件简单的事，何况时间紧急，已经没有时间细细安排，大家在会宾楼的房间里一番密谈，各有各的担心和紧张。

　　"几个人进去？"柳青问。

　　"就你们三个！"永琪说，"这事越机密越好！"

　　"可是，只有三个人，好像人数太少，有点说不过去！"尔康研究着，"再叫别人来，又不放心。上次有驱鬼舞，队伍壮观，这次只有三个人，会不会显得太简单？"

　　"我们还可以加一个人，箫剑！"柳红说。

　　"箫剑？"永琪很犹豫，"他的底细，我们还摸不清楚。混进皇宫，还要掩护蒙丹，这可不是一件小事。有一个人出了问题，全部的人都要遭殃，我们能够信任箫剑吗？"

　　蒙丹听到可以进宫见含香，已经兴奋得晕头转向。听说含香一直昏迷，又焦灼得五内如焚，这时，根本不想耽误，就急急地说：

"萧剑就萧剑！我能够信任他，我觉得，他虽然不会武功，可是，绝对是个正人君子！"

"我也这么想！萧剑这些日子，跟我们已经混得很熟，他对人非常热情，也很有幽默感，见多识广，不会见了皇帝就手忙脚乱！绝对可以信任！"柳红说。

"这么机密的事，最好不要加一个陌生人。我不赞成用萧剑！"尔康沉吟，"我对他的来龙去脉，还有很多疑惑！交交朋友没关系，要共谋生死大事，他还不够！"

"我和柳红的看法一样！你们每天待在宫里，没有和萧剑真正相处过，这个人是个奇人，绝对可以信赖！"柳青正色说。

"好了好了！"蒙丹急切地说，"你们不要慢慢挑人选了！这是什么时候，含香躺在那儿，已经是生死关头，没有时间等我们研究这个，研究那个！我用我的脑袋，为萧剑打包票，把他算进去，没有错！"

结果，萧剑也加入了这场"萨满作法"。

出发到皇宫以前，尔康给萧剑和蒙丹，恶补了一下"伏魔口诀"。蒙丹心事重重，魂不守舍，听也听不进去，只是一个劲儿地说：

"你放心，你放心，我不会误事的！"

尔康看着他那副样子，还是真不放心。至于萧剑，听说要他加入这样"惊人"的任务，就又惊又喜，整个人都绷紧了。平时的潇洒和自在，完全一扫而空。拿着面具和伏魔棒，脸上带着一股肃穆，义正词严地说：

"你们这么看重我，让我参加这么大的行动，我当然知道利害！我会全力配合，你们大家放心吧！"

尔康又对蒙丹再三叮咛：

"蒙丹，我告诉你，那个宝月楼外面是大厅，里面是卧室……我们只能在外间作法，如果皇上在那儿，你绝对不可以进里间去见含香！听到吗？一定要等皇上离开，那儿真正安全的时候，才能单独见她！"

"我知道，我知道！"蒙丹心不在焉地回答。

柳青拍拍他的肩：

"我看你很有问题，这样神思恍惚，别害了我们大家！记住！你是萨满法师，不是蒙丹！紧急的时候，别忘了作法！"

"我知道！我知道！"

"蒙丹，你把那个驱鬼咒语念给我听听看！"尔康说。

"驱鬼咒语？"

"是啊！驱鬼咒语！刚刚大家不是才复习过吗？"

蒙丹一瞪眼：

"我满脑子都是含香，哪儿有心思去记那个咒语？"

"天啊！"尔康喊。但是，喊天也来不及了，只好随机应变了。

马车顺利进了宫。

四个"萨满法师"手里拿着面具和伏魔棒，永琪和尔康陪伴着，来到了宝月楼。

蒙丹呼吸急促，眼睛里，像是烧着火焰。箫剑抬头挺胸，一副要去"出生入死"的样子，眼神深不可测。尔康看着这两个人，心想，自己在"玩火"，总有一天，会被烧成灰烬。他看看永琪，正好永琪也抬头看他，两个生死之交，彼此交换了会心的一瞥，为了天下有情人，义无反顾了！

大家走进宝月楼的大厅，迎面就看到乾隆。

"皇上！萨满法师带到！"尔康有些紧张。

蒙丹锐利地看向乾隆，萧剑也锐利地看向乾隆。柳青、柳红急忙跪倒。蒙丹被柳青一拉，跪落地上。萧剑被柳红一拉，才跪落地上。

"皇上万岁万岁万万岁！"四人说。

乾隆着急地说：

"好好好！你们就赶快作法吧！看看这个宝月楼有没有不干净！朕在这儿看着你们！在大厅作法就够了，里面是娘娘的卧室，不可以进去！"

四个法师听了，一怔。尔康和永琪也一怔。如果乾隆不走，也不许人进去作法，这场戏要怎么演下去？

还好，紫薇和小燕子及时从卧室跑了出来。

"法师到了吗？"紫薇看着众人，"要不要准备什么东西？"

小燕子嚷着："我知道，我知道！要香烛香案……"就看着乾隆说道："皇阿玛！这儿有我们，你先去休息一下，作完了法，我们再去乾清宫请你过来！"

"不用！我坐在这儿看！"乾隆摇摇头，一屁股坐了下来。

众人面面相觑。

蒙丹不禁对乾隆紧紧地看了一眼。他的眼神那么凌厉，乾隆不由自主地去看他，两人眼光一接，乾隆觉得对方眼神冷冽深邃，一震。掉头，就接触到箫剑的眼光，箫剑正直直地看着他，眼神也是冷冽深邃，寒光瑟瑟，乾隆又一震，心想，这些法师大概真有法术，能够穿透阴阳，要不然，怎么眼光里都有寒气？

永琪看得好紧张，伸手一拍蒙丹的肩：

"法师！请作法！"

尔康也急忙接口：

"请各位法师，正心诚意，心无二用，为娘娘祈福！"

早有太监宫女，搬来了香案，香烛高烧。

四个"萨满法师"，戴上面具，拿着伏魔棒，开始煞有介事地驱鬼。柳青、柳红、箫剑三个，规规矩矩地念着：

"万神降临，万鬼归一！诸鬼听令，莫再流连！度尔亡魂，早日成仙！人间世界，与尔无缘，为何作祟？有何沉冤？莫再徘徊，莫再流连，去去去去，早日成仙！"

蒙丹跟着念，嘴里叽里咕噜，根本听不清楚在念什么。

箫剑念完正文，就舞着伏魔棒，舞到乾隆身边去了。他的眼光，蓦然从面具后面盯着乾隆，"咒语"一变，念着：

"秋木萋萋，其时萎黄，有鸟离群，其鸣悲凉！家乡永隔，身体摧残！心灰意冷，不得健康！富贵浮云，心有彷徨！高山峨峨，河水泱泱！父兮母兮，道里悠长！魂兮梦兮，心碎神伤！"

尔康一听，大惊。心想，这是什么"伏魔口诀"？简直是篇"香妃入宫悲秋赋"，就差没有把香妃呼名道姓，直接说出来。他惊看箫剑，又是意外，又是着急，提心吊胆。永琪也是一惊，不由自主地盯着蒙丹和箫剑，简直坐立不安。紫薇和小燕子，更是各有各的着急。

乾隆看着这个奇异的驱鬼仪式，有些发愣。再听到箫剑的念词，他没有起疑，只是着魔似的出起神来。

紫薇心里急得不得了，把小燕子一拉，拉进卧房，低低地说：

"那个箫剑，是在给皇阿玛一个人念咒，他念了一首诗！把含香的身世委屈，全体念出来了，怎么这样大胆？他们怎么敢让箫剑参加？"

"没办法，人数不够，总不能只有三个法师！只好把箫剑算进去！"小燕子低声说。

床上，含香听到外面伏魔棒的响声，神思更加恍惚了，热切地睁眼张望：

"他来了……他来了！"

紫薇回头看看含香，好紧张：

"小燕子！你赶快想个办法，让皇阿玛可以离开！"

小燕子想了想，灵机一动，就跑到桌边，拿了一大碗水，奔到大厅去。

小燕子端着水碗，含了一大口水，开始对着房间每个角落喷水。

"噗！噗！噗……"小燕子把水喷得到处都是，喷着喷着，就喷到乾隆面前来，"噗……噗……"

乾隆正在出神，忽然被小燕子喷了一身的水。他惊跳了起来：

"小燕子！你这是做什么？"

小燕子慌忙帮乾隆又擦又掸，喊着：

"啊呀！对不起！皇阿玛，我正在驱鬼，法师说要在房间里每个角落里喷水，所以我在喷水……"

小燕子一边说，一边又含了水，到处乱喷。

"噗……噗……噗……"

柳青、柳红、箫剑急忙配合小燕子，用伏魔棒对着喷水的地方挥舞，铃声大响。

乾隆惊怔着，看着那些奇奇怪怪的法师，还没回过神来，又被小燕子喷了一身水。

"哎！小燕子……"乾隆慌忙跳开身子，躲着水。

小燕子就拿着碗，歉然地看着乾隆，恳求地说道：

"皇阿玛！拜托你回避一下好不好？你是皇上呀，萨满法师因为你在，大概都没办法使出真功夫了！如果驱鬼驱得不干净，不是白白作法了吗？"

乾隆见自己碍事，又被小燕子弄得浑身湿答答，就点点头说道：

"好！你们作法，朕去换件衣裳！"

一屋子的咒语立即加重，伏魔棒舞得震天响。

乾隆总算出门去了。

蒙丹把面具一把拉下，冲进卧室。紫薇匆促地警告：

"把握时间！如果皇阿玛回来了，你千万记得戴上面具，回到大厅去，念咒作法！"

蒙丹哪里听得进去，已经扑到床前去了。

紫薇赶紧退出了房间，把房门紧紧地关上。

含香衰弱地躺在床上，脸色非常苍白。蒙丹直冲到床前跪下，那火热的眸子，热切地盯着她，一把抓住她的手，发自肺腑地低喊：

"含香！我来了！"

含香的眼睛睁得大大的，热烈地凝视蒙丹，不敢相信地、虚弱地微笑起来：

"蒙丹？我好像看到你了！"

蒙丹把含香的手，送到唇边去，疯狂地吻着。

"不是'好像'，是我！我真的来了！"就放下她的手，抱住她的头，吻像雨点般落在她的头发面颊上，"含香！原谅我，我是这样没用……才让你受这么多的苦！睁大眼睛，看看我！我是你的蒙丹，那个十二岁起，就纠缠着你的蒙丹，为你出生入死，粉身碎骨的蒙丹！看着我！"他捉住她的手，放在自己眼睛上，眉毛上，嘴唇上，心口上……"含香，为我振作起来！"

含香有了真实感了，痴痴地看着他，微笑着伸手去摸他的头发：

"蒙丹，你真的来了！再见到你这一面，我死也值得！"

"什么'死也值得'？再说这种废话，我就生气了！"蒙丹握紧了她的手，"你不会死，我们都不会死！你要为我振作起来，我要带你走！带你离开这个皇宫，这个牢笼……但是，你一定要帮助我！我一个人的力量做不到！听到没有？"

含香热烈地凝视他，只是做梦似的微笑着。

蒙丹一把拉起她的身子来，看进她的眼睛深处去。

"听着！我们的时间不多，见你这一面，是多少人用生命拼出来的！你听好，我们把原来那个大计划，改到十天以后！所以，你有十天的时间来恢复健康！我只给你十天，你一定要好起来，因为我没办法再等了！"说着，就捧住她的脸，盯着她的眼睛说，"含香，你要勇敢，你要坚强，我们的生命、希望、未来都在你手里，如果你倒下了，我们就真正地失败了！为我，快点好起来！你要吃药，你要听大夫的话，我谢谢你，感激你，发疯一样地爱你……"

含香痴痴地看着他，在他这样强烈的呼唤下，真的醒觉了，眼睛闪亮。

"我知道了！我听你的，我知道了……"

蒙丹抓紧她的双手，用力握紧，恨不得把自己的生命力，注进她的身体里：

"我把我的力量传给你！我把我求生的意志传给你！你是我的含香，跟我私奔七次的含香……只要再一次，我们就成功了！别放弃这最后的一次！我用我全部生命的力量在支持你！你感觉到我的力量了吗？"

含香拼命点头。

"那么，你要为我勇敢吗？要赶快好起来吗？要跟我去流浪，再也不分开吗？"

"要……要……要。"

蒙丹把她一拥入怀。

卧室里，蒙丹和含香在那儿难舍难分。大厅里，大家也在那儿魂不守舍。柳青、柳红和箫剑已经取下了面具，还是挥着伏魔棒，紧张地东张西望。

尔康忍不住问：

"箫剑，你刚刚在念些什么？怎么跟驱鬼毫无关系？念得我心惊胆战！"

"这个皇帝，不需要'驱鬼咒语'，我给他念一段'心灵咒语'！"箫剑一本正经地说，"如果他还是个仁君，还有一些良心，我的'心灵咒语'会比你那个'驱鬼咒语'有用！除了这段咒语，我还准备了好几段，可以一段一段地念给他听！"

紫薇睁大眼睛，看着箫剑，惊问：

"你还要一段一段地念给他听？你真是唯恐天下不乱啊？"

"如果我唯恐天下不乱，我不会念咒，我会……"箫剑咽住了，眼神里，有种阴鸷的光芒一闪，立即微笑起来，"其实，你们不要太紧张，我觉得我那个'心灵咒语'的反应还不错！这个乾隆皇帝，我对他很有兴趣……"

永琪着急地喊：

"拜托！今天不是让你来研究皇阿玛的！是来帮助我们大家的！"

箫剑神色一凛，一抱拳。

"箫剑知错了！惭愧！"

"你等会儿就规规矩矩地念'驱鬼咒语'，知道没有？"柳红说。

"那多么可惜，我好不容易才见到这个皇帝！"箫剑眉头一皱。

"你要不要跟我们大家合作？我们这样信任你，把大家的生命都交在你的手里，你一个自作主张，会害了我们大家……"

尔康话没说完，外面传来太监的喊声：

"皇上驾到！"

小燕子和紫薇惊跳起来，急喊：

"面具！面具！"

柳青、柳红、萧剑慌慌张张地把面具戴上。紫薇就往卧室冲去，冲进卧室，就看到蒙丹紧紧地抱着含香，舍不得离开。她着急地喊：

"蒙丹！快出去！快……"

蒙丹看着含香，在她额上印下一吻。紫薇跺脚：

"蒙丹……不要再拖拖拉拉了！快走！"

外面，乾隆已经大步走进了大厅。

柳青、柳红、萧剑急急忙忙念咒。伏魔棒舞得天翻地覆。

尔康、永琪、小燕子看到蒙丹还没出来，紧张得脸色苍白。

小燕子捧起那碗水，就要喷水，一个紧张，竟把水咽进去了，呛得大咳特咳。

"小燕子，你怎么了？"乾隆诧异地问。

"我……我……我喷水……喷水……咳咳咳……"小燕子语无伦次地说。

卧室里的紫薇，听到乾隆的声音，知道蒙丹出不去了，紧张地说：

"你不能到大厅去了，快躲起来！"四面看，指指床底下，想想不妥，又指指屋梁，想想还是不妥，不知道该怎么办才好。

在外面大厅里，乾隆看了看作法的三人，困惑地问道：

"这萨满法师不是有四个人吗？"

"喀喀……"小燕子咳着，"还有一个在外面……"指指窗户："在外面驱鬼……驱鬼……绕着宝月楼驱鬼……喀喀！"

乾隆觉得奇怪，一步跨进卧室。

室内，蒙丹戴着面具，一飞身从阳台跃下去了。

紫薇急忙往门前一奔，和乾隆撞了个满怀。

"皇阿玛！"紫薇面无人色地喊。

乾隆一惊：

"怎么？娘娘不好吗？"

乾隆就急冲到床前去看含香。只见含香居然从床上坐起来了，神志清明地喊着：

"皇上！"

乾隆又惊又喜，问：

"你醒了？真的醒了？"

含香给了乾隆一个好美好美的微笑。

"我真的醒了，觉得好多了！饿了，好想吃东西！"

乾隆大喜，不再注意法师有几个了：

"紫薇，赶快叫御膳房做点好吃的、营养的东西来！什么鸡汤、鱼翅、燕窝……有多少拿多少来，吃不完就剩着！"

"是！"紫薇看了阳台一眼，再看了含香一眼，心有余悸地出门去。

乾隆走到床边，握住含香的手，大笑着说：

"哈哈！这个萨满法师作法，还真的有效啊！你的气色好多了，神志也清楚了！朕一直不相信萨满驱鬼这一套，看样子，小燕子的'病急乱投医'，都投对了！"

门外的众人，惊魂未定，你看我，我看你。尔康跑出门去，把门外的蒙丹给拉了进来，当机立断地说：

"作法到此为止！各位法师，我送你们出宫去！"

大家离开了皇宫，坐在马车里，尔康还是惊魂未定，对蒙丹责备地说：

"我真是被你们吓得三魂六魄都飞了！居然从阳台上跳下去，还好我反应快，冲到外面去拦着侍卫，要不然，你已经被侍卫抓起来了！"

"你们赶快把含香送出宫来，我就再也不会给你们找麻烦了！"蒙丹说。

永琪好不容易才松了一口气：

"我也巴不得赶快把含香送出宫，这种游戏是再也不能玩了！真的不好玩！箫剑也是，念咒不好好念，念什么诗！"

"这是第一次参加你们这么刺激的行动，经验不够！下次就不会出问题了！"

"哪里还有下一次？"柳红喊。

"还有下一次，"柳青正色说，"下一次就是把含香送出宫的时候了！"

几天后，含香逐渐恢复了健康。大家也开始紧锣密鼓地安排着含香出宫和逃亡计划。这天，尔康和永琪来到会宾楼的客房，把那张手绘的中国简图摊在桌上，大家重新研究这条逃亡的路线。

萧剑指着地图，一脸的严肃，诚恳地对蒙丹说：

"我建议你跑到最南边去！这儿有个大理古城，是最南方的城市了！大理山明水秀，四季如春，家家有水，户户有花，完全是个世外桃源！我遇到家变之后，就被带到那儿，在那儿住了好多年，对那里非常清楚。你们如果能够顺利到达那里，我猜，谁也没办法把你们追回来！在大理，谋生也非常容易！住在那儿的百夷人，善良朴实，好得不得了！"

"好！我就听你的，一直往大理走！"蒙丹决定了。

尔康指着地图说：

"既然决定了，就照这条路线走！你们先到石家庄，然后到六河沟，再到襄阳，经过武当山进入四川，再沿金沙江到云南。这是一条漫长的路。能不能够一路平安，谁都不知道！但是，含香已经不香了，就和普通老百姓一样，你们也可以随时停下来安家，不一定要认死扣去大理！"

"我了解了！"蒙丹点头。

"记住！"永琪接口，"我们把出宫的时间，定在后天晚上，那天中午，皇阿玛在宫里宴请所有的姑姑和额驸，到时候，宫里马车出出入入会非常多，不会注意我们这辆！我和尔康会把含香送到正阳门外！你们一定要很早就在那儿等，一定不能出状况！如果等到深夜，我们还没到，那就表示我们有问题了！你们就回会宾楼来等消息！"

蒙丹再点头，神色凝肃。

"现在不用兵分四路五路了，所以，我和柳红会护送你们到石家庄！看到你们平安前进，我们再折回北京！"柳青说。

"还有一件事很重要，你们再也不可以用回语交谈！从此，忘记你们是回人，不论走到哪里，哪怕只有你和含香两个人，你们都不可以用回语交谈，要说汉语！而且，再也不要回新疆！"柳红叮咛。

箫剑又交了几个信封给蒙丹：

"我还有三个锦囊妙计，到了石家庄再看！可以帮你们摆脱追兵！柳青、柳红护送你们去石家庄，我就不去了，我帮柳青照顾会宾楼！"

尔康拿了一个小包裹，郑重地交给蒙丹：

"这是你们的盘缠。我想，如果没有意外，这些钱够你们到大理，或是任何一个小地方去，开一家小店过日子！当然没办法再和皇宫比，但是，你们要的不是锦衣玉食，以后，就只羡鸳鸯不羡仙了！"

蒙丹看着众人，但见一张张热情真挚的脸，他感动至深，不知如何是好。想当初，他离开新疆，山山水水地追着含香到北京。实在没有料到，自己在北京会有这番奇遇，认识了永琪、尔康这群人。今天，舍命帮助自己的，竟是乾隆的儿子、女儿、媳妇、驸马……他看着大家，再也忍不住，扑通一跪，双手一拱：

"我蒙丹深受大恩，无以为报！但愿有缘，还有再相见的日子！回人蒙丹，从此消失，满人蒙丹，为各位行清朝大礼！"

蒙丹说完，就对众人"嘣咚""嘣咚"地磕了三个响头。

"不要这样！赶快起来！"大家惊喊，好多双手，都同时去扶他。

第七章

转眼间，到了"大计划"实行的前一天。

大家都集合在漱芳斋，最后一次核对这个计划的诸多细节。

整个漱芳斋，真是紧张极了。自从小燕子进宫以来，永琪、尔康他们已经做了许多惊天动地的事，包括宗人府的劫狱在内。但是，这次，要把乾隆的爱妃私运出宫，还要掩护她和心上人一起逃亡！这实在是胆大妄为到了极点。每个人都知道，这次的事，如果出了差错，大家就"要头数颗，要命数条"，会集体上断头台！所以，计划实行以前，大家还是左讨论，右讨论，左研究，右研究，左叮咛，右叮咛……力求万无一失。

"你不要害怕！"尔康对含香说，"扮成小太监混出宫去，小燕子已经用过好几次，次次成功，每次都是回来才出状况！你是一去不回的，所以，没什么好担心！何况，明天宫里很热闹，我已经部署好了，我会驾着马车接送皇姑额驸们出宫进宫，一天好多次，弄得侍卫都不耐烦了，到了晚上，就不会再仔细看了！"

"明晚，我和紫薇就不能送你了，我们已经约了皇阿玛，去令妃娘娘那儿喝酒，给娘娘补过生日，皇阿玛对于把令妃娘娘的生日都忘了，也有一些抱歉，所以一口答应了！你放心，我们会把皇阿玛灌醉！你就趁机溜走！"小燕子说。

"蒙丹他们已经把马车都准备好了，我们的马车会把你送到正阳门，然后换乘蒙丹的马车！你上了马车，就不要回头，飞快地走！祝你们一切顺利！"永琪说。

"我还是给你们准备了很多香料，都交给蒙丹了，你们放在车上，以备不时之需！虽然你现在不香了，我们并没有把握，是不是一直不会香了，万一突然又恢复了香味，车上有香料，总比较好掩饰！"金琐说。

"我知道你还有很多很多的不放心，不放心我们，不放心维娜、吉娜，不放心皇阿玛会不会发兵打新疆！你就把这些不放心通通放下，我们编的故事虽然有些离奇，但是，你本来就是一个离奇的人物，不能以常理来分析！我想，那个故事还是会有说服力的！过一段时间，希望皇阿玛会想通！即使知道了真相，也会感动！我以一个女儿对父亲的了解来告诉你，总会有这一天，因为，他是个'至情至性'的人！是个'仁君'！"紫薇说。

含香一个一个地看着他们，心里澎湃汹涌，满溢着感恩和感动，说：

"你们为我想得那么周到，安排得那么好，我简直不知道该说什么好，我现在的心情太复杂了！你们这样冒险救我，我一走了之，你们能不能安全过关？我真的不放心啊！"

紫薇紧紧地抱了含香一下：

"已经说过了，要你把这些不放心通通放下！你做了一件应该做的事！最后关头，不许再犹豫了！只是，好舍不得你！你一路要小心啊！要珍重啊！我们这样一分手，恐怕再也不会见面了！"

含香的眼泪夺眶而出，喊道：

"我永远忘不了你们，我会天天想你们，时时刻刻想你们！"

小燕子急忙把她一抱：

"不要哭！你一哭，我也会哭，紫薇也会哭，金琐也会哭，我们会淹大水的！"

紫薇就奔到桌子前面去，坐下来，开始弹琴，说：

"我们不要伤感，这次，是我唯一一次，觉得离别是件好事！我要唱歌！"

紫薇就坐在桌前，扣弦而歌：

　　　你是风儿我是沙，缠缠绵绵绕天涯

　　　珍重再见，今宵有酒今宵醉

　　　对酒当歌，长忆蝴蝶款款飞

　　　莫再流连，富贵荣华都是假

　　　缠缠绵绵，你是风儿我是沙

你是风儿我是沙，缠缠绵绵绕天涯

叮咛嘱咐，千言万语留不住

人海茫茫，山长水阔知何处

浪迹天涯，从此并肩看彩霞

缠缠绵绵，你是风儿我是沙

你是风儿我是沙，缠缠绵绵绕天涯

点点滴滴，往日云烟往日花

天地悠悠，有情相守才是家

朝朝暮暮，不妨踏遍红尘路

缠缠绵绵，你是风儿我是沙

大家听着紫薇的歌声，想着那个"你是风儿我是沙"的承诺，人人都醉了！就算天塌下来，大家也顾不得了！人生，还有什么东西比爱更珍贵呢？

那天晚上，含香对乾隆说了一段非常感性的话：

"皇上！我有好多的感激，好多的抱歉，我都不知道如何表达才好！自从我进宫以来，您对我的坏脾气，我的任性，我的自私，我的不讲理……您通通包容了，用一颗最宽大的心，来宠爱我，怜惜我。如果我还不知道感恩，我就是白活了！今晚，我要特别地谢谢您！"

"怎么了？突然对朕说这些？"乾隆好意外，感动地说，"朕不要你的感激，只要你的心！你是不是终于发现，朕对你的一片真心了？"

"我早就发现了！"含香诚实地点点头，"我这么一再地辜负皇上，觉得自己真是坏极了！将来，说不定有一天，皇上会比较了解我，会原谅我！"

"不要等那一天了！我已经了解你，也原谅你了！"乾隆豪气地说，"你在进宫以前的种种，我都不会追究了！你是我独一无二的香妃，我会永远珍惜你！"

含香对这样的乾隆，不能不充满了歉意、感动和犯罪感，眼中含泪了：

"皇上，我已经失去了香味，不再是你的'香妃'了！那个'香妃'，已经被太后赐死，不存在了！希望你以后，就抱着这样的想法来看我！"

乾隆愣了愣，就会错意了，喜悦地一笑说："好！从今以后，朕把你看成是个全新的人！虽然不香了，却对朕有感恩之心，有温柔的语气，还有……"他拭去含香眼角的泪："这珍贵的眼泪！朕心里充满了感动，完全不在乎你香不香！"

含香就跳起身子，说：

"我要为皇上跳一支舞！维娜、吉娜！"

维娜、吉娜急忙进房，开始击鼓作乐。

含香就使出浑身解数，为乾隆翩翩起舞。她穿了一件宽袖的白纱舞衣，舞得像一只振翅欲飞的蝴蝶。她一面舞着，一面深深地看着乾隆，眼光里，带着无尽的祈谅。乾隆就被这样的眼光和舞蹈，深深地眩惑了。

终于，到了"大计划"实行的日子。

一整天，永琪和尔康的马车，夹杂在诸多皇姑的马车中，在宫门口出出入入。

晚上，延禧宫里摆了一桌酒席。乾隆、令妃在上座，嫔妃作陪。小燕子、紫薇在下座。难得乾隆有兴致，紫薇和小燕子有孝心，满座嫔妃，都跟着起哄，房里热闹极了。七格格和九格格也来了，两个小格格各端了一杯酒，走过去。七格格说：

"皇阿玛！额娘！奶娘说，我们只能敬一杯酒，就要去休息！我来敬酒！"

"我也来敬酒！"九格格笑着说。

七格格才八岁，九格格才六岁，乾隆看着一对粉妆玉琢的小女儿，高兴地大笑：

"哈哈！和静、和恪两个孩子，越长越像娘了！和令妃一样漂亮！将来长大，一定都是美人！哈哈！"

两位小格格就齐声说道：

"恭祝皇阿玛福如东海，额娘寿比南山！"

众妃嫔和小燕子、紫薇急忙回应，全部举杯喊道：

"恭祝皇上（皇阿玛）福如东海，令妃娘娘寿比南山！"

小格格的酒杯里，当然不是真酒，却煞有介事地举杯干杯。乾隆心情愉快，和众人全部干了杯中酒。便有奶娘上前，带走两个小格格。

小燕子看了紫薇一眼，举杯说：

"两位小格格敬过了酒，轮到我们这两个大格格了！皇阿玛、令妃娘娘，我们敬你们一杯！祝皇阿玛快快乐乐，和令妃娘娘恩恩爱爱！再生两个小阿哥、两个小格格！"

"听听！"令妃又羞又笑，"这小燕子的词，就是跟别人不一样！生那么多，不是变成老母猪了吗？"

大家都笑了起来。紫薇就诚心诚意地说道：

"皇阿玛！令妃娘娘……我借这杯酒，献上我对你们的尊敬和感激！"

"好！我干杯！你们随意！"

乾隆一口干了杯中酒。小燕子急忙拿着酒壶，上去再度斟满，说：

"我还要敬皇阿玛一杯，因为您是我最崇拜最崇拜的皇阿玛！"

"说得好！朕就再干一杯！"

小燕子再度斟酒，紫薇上前，举杯说道：

"我要敬皇阿玛一杯，请皇阿玛对我们的错误，多多原谅！紫薇向您请罪了！"

"好端端的，请什么罪？"乾隆一愣，"朕接受你们的敬意就是了！"一仰头，又干了杯中酒。

小燕子跟着举杯：

"皇阿玛！这一杯你一定要喝，我敬你……因为您是最伟大的皇帝！"

"哈哈！"乾隆大笑，"这个帽子太大了，只好喝一杯！"

"那……我也要敬！"紫薇举着杯子说，"皇阿玛，为了您的'仁慈'，您的'人性'，您的'爱心'，您的'宽大'，我敬您一杯！"

小燕子急忙看紫薇：

"不行不行！你说了四个理由，皇阿玛应该干四杯！来，一杯一杯来！"

乾隆哈哈大笑着，还没举杯，令妃急忙阻止：

"两个丫头是怎么了？菜都没吃几样，就拼命敬酒，待会儿皇阿玛醉了怎么办？我知道，宫里的一些不如意，都结束了！所以大家的兴致特别好。可是，这酒会伤身，还是少喝为妙！你们的好意，皇阿玛就心领了！"

小燕子不依地嚷："那怎么行？不能心领！皇阿玛是海量，为了……"转着眼珠，苦想理由："为了小阿哥，也要干一杯！"

"小阿哥怎样？"令妃问。

"小阿哥健健康康，越长越壮，这个理由，总可以喝一杯吧！"小燕子说。

"好理由！好理由！朕干一杯！"乾隆哈哈大笑着，干了杯中酒。

腊梅、冬雪忙着上菜，忙着斟酒。宫女们穿梭不断，鱼翅燕窝，山珍海味，一样样地端上桌。席上觥筹交错，大家酒酣耳热。

乾隆踌躇满志，看看妃子们，忽然对令妃说道：

"令妃！让腊梅、冬雪去把香妃请来吧，她要是知道我们这儿这么热闹，一定会很高兴参加的！何况她和小燕子、紫薇又投缘！"

乾隆此话一出，令妃一愣。紫薇和小燕子立刻变色。小燕子一急，冲口而出喊：

"皇阿玛……"

"怎样？"

"您就专心一点嘛！今晚是给令妃娘娘补做寿，您干吗拉扯上香妃娘娘，这样不好吧！"

令妃一听，心想，这小燕子简直要给自己找麻烦！为了表示大方和贤惠，立刻起身说："那有什么不好？是我的疏忽，忘了请香妃娘娘了！她来了我才更加高兴！"就喊道，"腊梅！快去宝月楼，请香妃娘娘来这儿，就说，皇上要她过来喝两杯！冬雪，通知御膳房，让回族厨师，马上做几个新疆菜来！"

"是！奴婢遵命！"腊梅、冬雪急忙应着。

小燕子和紫薇飞快地对看一眼，两人的心脏都快从喉咙口跳出来了。

"不要！不要……"小燕子喊。

令妃会错意，以为小燕子为她设想，就坚持起来：

"要！要！要！这没什么关系，小燕子，你别搅和了，显得我那么小气！香妃和我，等于是自家姐妹嘛！"

乾隆欣然应道：

"就是！就是！"

腊梅、冬雪要走，小燕子一急，拦门而立，急喊：

"皇阿玛！什么意思嘛？女人的心，跟针尖一样大，您就是不明白！今晚的主角是令妃娘娘，您去请香妃娘娘来干什么？香妃娘娘不会领情的，这样，香妃也不高兴，令妃也不高兴……您的好意不是全变成坏意了？"

乾隆怔住了，令妃没料到小燕子这样直接喊出来，怔了怔，更急了，说：

"我哪有那么小心眼……这样吧，我自己去请！"

令妃往门口走去，小燕子双手一推，差点把令妃推了一跤。

"令妃娘娘，您就承认了吧！"小燕子气急败坏地嚷，"哪有那么大方的人？小气就小气，吃醋就吃醋，有什么了不起？有有有！就是有……如果说没有，就是……就是……就是犯了'欺君大罪'！"

"啊？"令妃惊得打了一个哆嗦，睁大眼睛。

乾隆忙打哈哈：

"哪有那么严重？"

小燕子一个劲儿地点头："有有有！就是有！"说着，不由分说地把令妃拉了回来。

紫薇急忙端酒上前，对乾隆说：

"皇阿玛！你应该罚酒！"

乾隆哈哈一笑，急忙解围："好了好了！不要去请香妃了，是朕出的坏主意！罚朕一杯酒！令妃，你就坐下吧！腊梅、冬雪，也别去了！拿酒来！斟满，斟满！"就举杯对令妃说道："好令妃！朕干了！"一口干了酒。

腊梅、冬雪急忙回来斟酒。

小燕子好紧张，又端了酒杯上前去：

"皇阿玛！还要罚一杯！"

"还要罚一杯？"乾隆睁大眼睛，愕然地看着小燕子，却好脾气地应道，"好好好！再罚一杯！"

乾隆心无城府，举杯，又干了。

当乾隆在喝酒的时候，含香在宝月楼，已经打扮成一个小太监。

金琐为她检查服装，左看右看，把她的帽子压低一点，紧张地叮嘱："等会儿到了宫门口，你的头尽量低下去，不要让侍卫看到你的脸！"又拿出一个腰牌，系在含香衣服里："这是小邓子的腰牌，万一要检查，就拿出来给侍卫看！记得出了宫门，要还给尔康少爷！好了！走吧！天灵灵，地灵灵，菩萨保佑！"

维娜、吉娜含泪冲上前，激动地拥抱含香，用回语告别。含香痛楚地说：

"维娜、吉娜，对不起，没办法带你们一起走！只有希望你们没事！我会一直为你们祈祷！对不起！真的对不起！"

尔康一步上前，催促着：

"快走吧！不要耽误时间了！"

含香再和两个回族女佣拥抱了一下，又和金琐拥抱了一下，就毅然决然地一甩头，掉头出门去。

含香上了马车，和小桂子、小顺子一起坐在驾驶座上，好紧张，帽子拉得低低的，缩着脑袋，大气也不敢出。

尔康和永琪坐在车里，挑开了车帘，故意露着脸。

马车踢踢踏踏到了宫门口，刚好前面有一辆马车出去，尔康这辆就跟在后面。

晴儿抱着一只哈巴狗，正在跟前面一辆车子里的皇姑话别。回头看到尔康和永琪要出门，就对尔康、永琪笑着挥挥手。尔康、永琪胡乱地挥手回礼，都紧张得一塌糊涂。

前面那辆马车驶出宫门走了，晴儿也退开了。

小桂子驾着马车走过去。说：

"我是小桂子！请大家让一让！"

侍卫抬头看，急忙请安：

"五阿哥吉祥！福大爷吉祥！又要出去啊？"

永琪一本正经地说：

"让一让！我们要出宫办点事，宫门不要关，大概过一个时辰就回来！"

"喳！奴才遵命！"

含香从来没有面对过这么紧张的时刻，吓得魂不附体，浑身冒着冷汗，身子也簌簌发抖。车子踢踢踏踏上前。侍卫心不在焉地看了含香一眼，觉得有些面生。本来，是永琪的座车，侍卫怎样也不会起疑心，岂料含香心虚，不住偷窥侍卫，身子又弯得像虾米，那个侍卫就觉得奇怪起来，伸头对含香细看，手里的长枪往前一伸，说：

"这位小兄弟，怎么没见过？"

含香这一吓，非同小可，仓皇一退，竟从驾驶座上跌落下地。永琪低喊：

"天啊！"

尔康急忙蹿出车子，一跃下地，拉起含香，对侍卫吼道："看清楚了！这是小邓子……"对含香说："腰牌呢？"

含香抖着手去摸腰牌，急切中又摸不到。尔康的拳头，暗中握拳，准备随时出手。情况正在十万火急，忽然之间，一个小影子一蹿，接着，晴儿追出来大叫：

"不好了！不好了！小雪球跑掉了！大家赶快帮忙抓住小雪球，那是老佛爷心爱的狗儿，才养了几天，丢了怎么办？"

众侍卫一惊，全部迎上前去，纷纷喊着：

"什么？什么？晴格格……发生什么事了？"

晴儿情急地跺脚大喊："雪球！雪球！老佛爷心爱的哈巴狗！看！"指着深宫内院："在那边！在那边！快追呀……别让它跑掉……"

侍卫们赶快追那只狗，嘴里七嘴八舌地喊：

"快！老佛爷的小雪球！快去！快去……"

侍卫们忘了永琪的马车，大家紧紧张张地散开来抓狗。

晴儿东指西指：

"那边！那边！快去，抓住的有赏！哎呀，好像跑到那边去了……跑到假山后面去了……"

尔康趁乱，急忙把含香拉回到车上。怕她再掉下车，干脆拉进车里。含香低俯着头坐着，眼观鼻鼻观心，动也不敢动。永琪就喊道：

"小桂子、小顺子！走了！"

小桂子一拉马缰，马车踢踢踏踏出宫去。

尔康惊魂未定，拉开窗帘回头看，晴儿也正好对他看来，立刻对他挤挤眼，一笑。尔康心中咚地一跳，慌忙关住车帘。只见永琪吓得面无人色，瞪着他说：

"晴儿是你安排的吗？"

"哪有？怎么敢让晴儿知道？"尔康说。

"她怎么会及时跑出来帮我们？"

"我也不知道，真是……险极了！"就问含香，"你怎样？摔着没有？"

含香小小声地说：

"没有摔着，吓着了……我们出宫了吗？"

"是！我们出来了！"

含香拉开窗帘一角，悄悄对外偷看，看到街道行人，万家灯火。蓦然间，有了真实感，一个激动，又是泪，又是笑地低喊出声：

"真神阿拉！我出来了！出来了！"

马车在夜色里，飞快地离开，一直往正阳门驰去。

正阳门外，蒙丹、柳青、柳红的马车，早已等候多时。三个人静悄悄的，一点声音都没有。全部警觉而紧张地看着城内。

四周安静极了，只有马鼻子在喷气的声音。

远远地，有马车的声音传来。蒙丹全部的神经都绷紧了，低语：

"马车！有马车的声音！他们来了！"

蒙丹一动，就想驾车上前。柳青一把压住他：

"不要忙！先看看是不是。有马车并不一定是他们！"

三人就伸长了脖子观望。

马车踏碎了夜色，疾奔而来。到了城门外，小顺子勒住马。马儿长嘶一声，打破了暗夜的寂静。蒙丹惊呼：

"是他们！"

蒙丹就跃下马车，一蹿而至。

尔康一掀门帘，和永琪拉着含香跳下马车。尔康深抽了一口气说：

"蒙丹！人带出来了，赶快接收吧！"

蒙丹和含香对看，简直恍如隔世，几乎不相信对方就在面前。蒙丹狂喜地低喊：

"含香！"

两人往前一奔，就紧紧地拥抱住。永琪急忙说：

"快上车，赶快走！不要耽误！"

柳青、柳红驾着车过来。尔康一推蒙丹：

"快走！"

蒙丹急忙把含香送上车。自己站在夜色里，感激至深地对尔康、永琪一抱拳：

"后会有期！"

"后会有期！"尔康、永琪也抱拳说。

柳红对尔康低喊：

"我们上路了！大概要两天以后再回来！你们一切小心！"

含香从车里伸头看着尔康、永琪，挥着手。

蒙丹飞身跃上马车，马车便绝尘而去了。

永琪和尔康伫立在夜色里，看着马车没入夜色中。一直到那辆车消失了踪影，永琪才吐出一口长气：

"终于，把这个'大计划'实行了！"

"终于，让'风也飘飘，沙也飘飘'了！"尔康也吐出一口长气。

"希望宫里，不要'风也潇潇，雨也潇潇'才好！"

尔康神态一凛。是啊！含香出宫，只是计划的第一部分，后面，还有许多后续行动，不知道是不是能够顺利过关？含香此去，是不是能够平安脱逃？他心里一紧，这才觉得，这次的行动，实在是"大胆"极了！

当晚，尔康和永琪还是去了一趟漱芳斋。

他们一进门，金琐就忙着关门关窗。小燕子和紫薇急急上前，迫不及待地问：

"怎样？怎样？顺利吗？"

尔康和永琪两眼发光地看着她们，尔康就对二人一抱拳说：

"恭喜大家，他们终于在一起了！"

"我们看着他们离开！现在，他们大概已经跑了二十里了！"永琪说。

小燕子好高兴，抱着紫薇跳，嚷着："哇！我们做到了！我们好伟大！我们让他们团圆了！这么伟大的事情，只有我们这些'江湖豪杰'才会做！"说着，就用手背打着尔康和永琪的胸口："你们都是英雄，都是伟人，都是大侠客！"

"别跳！别叫！我很担心呢！"紫薇就对尔康、永琪急急说，"我和小燕子并不是很顺利，我怕明天皇阿玛发现含香不见了，会怀疑到我们身上来，怎么办？"

"为什么？"尔康大惊。

"今晚，皇阿玛才喝了两杯酒，就心血来潮地说，要香妃也来参加宴会，小燕子一急，拦着门不许，还把皇阿玛指责了一顿！虽然阻止了皇阿玛，可是，我想来想去。大概已经露出破绽了！"紫薇说。

"哪有？哪有？"小燕子乐观地喊，"皇阿玛才不会怀疑到我们身上，他喝得那么醉，等到酒醒了，大概什么都不记得了！就算他怀疑，也没有证据呀！反正我们死不承认就对！"她拍着紫薇的肩："不要操心，我跟你打包票，没事！何况，尔康的故事编得那么好，我们只要照样说，一定会过关的！"

永琪和尔康对视，两人都担心得不得了。永琪皱皱眉说："还有晴儿！她在宫门口表演的一幕，也是原来剧本里没有的！到时候，会不会把我们招出来呀？"

"怎么晴儿也搅进去了？"紫薇一惊。

"别慌！别慌！晴儿如果会说，今晚就不会帮忙了，对不对？如果她招出来，她自己不是也脱不了干系吗？"尔康说。

"晴儿也帮了忙？难道她也知道你们在偷运香妃出宫？"金琐睁大了眼睛。

"我不知道她了解多少……"尔康有些困惑，抬眼看紫薇，"总之，我们两方面都碰到一些意外！并没有想象得那样顺利！所以，明天大家真的要小心！一个失误，大家就都完了！"

"我们大家再套一次招！小燕子，你记得你的戏码吗？"永琪担心地看小燕子。

"我记得！记得！明天就看我表演好了，一定不会给你们大家出状况！"小燕子很有把握地说。

尔康看看小燕子，看看紫薇，一颗心七上八下：

"我还真不放心！紫薇，要冷静！收起你的犯罪感，也收起你一贯的诚实，对于我们大家编的故事，要做出一股深信不疑的样子来！那个故事，可一定要说得活灵活现！知道吗？为了含香，我们就好好地演一场戏吧！"

紫薇转动眼珠，深思着，担心着。要她一再地去欺骗皇阿玛，她真是心有不忍。

"我有一个大胆的提议！"紫薇忽然说。

"什么提议？什么提议？"小燕子问。

"如果我们对皇阿玛坦白招了，会怎么样？"紫薇说。

尔康和永琪都倒抽了一口冷气。尔康一把抓住紫薇的胳臂，摇着，急促地说：

"紫薇，你不要太天真！不可以！如果招了，柳青、柳红一回到北京就会落网，在会宾楼留守的箫剑也不见得能够逃掉！如果他们被捕，柳青、柳红或者还能死守秘密，那个箫剑，我就没把握了！万一有个人透露出蒙丹的逃亡路线，不但我们大家功亏一篑，还害死了蒙丹和含香！我们做事，怎么可以这样没原则？"

紫薇被尔康唤醒了，一震。

"你说得对！是我糊涂了！我明白了，你们大家放心吧！无论如何，我们就认定了我们那个故事，言之凿凿，就对了！"

尔康紧紧地看着她：

"不错！我们走到这一步，已经没有退路！"

"好了！就这么办！我看，我们也该散会了！"永琪看看众人，有力地说。

尔康点头，再对众人叮嘱：

"明天一早，我会天亮就进宫，我和五阿哥会在御花园里等着，随时呼应你们！你们安心演戏吧！今晚，大家早点睡吧！要养精蓄锐，应付来日大战……"

尔康话没说完，外面忽然传来太监的声音：

"皇上驾到！"

众人大惊失色。小燕子脱口惊呼：

"我的天啊！他醉成那样子，怎么还会跑来……"

"冷静！冷静！"尔康四面张望。

"怎么冷静？如果他去宝月楼怎么办……我们的戏码还来不及上演……怎么没有想过这种状况？"紫薇急急地说。

又是一声喊叫传来：

"皇上驾到！"

小燕子突然明白了，抬头看着那只鹦鹉，只见那只鹦鹉，正若无其事地喊着：

"皇上驾到！"

众人全部松了一口气。小燕子就对着那只鹦鹉，跳着脚，挥着拳头大骂：

"你这个'小骗子'！你懂不懂规矩？这是什么时候，我们大家都紧张得要死，你还有心开玩笑！下次再吓我，我拔了你的毛！"

"坏东西！坏东西！"鹦鹉喊。

"你才是坏东西！你才是！"小燕子大叫。

永琪看着小燕子，又是摇头，又是叹气：

"这个紧张时刻，她还有闲情逸致和鹦鹉吵架！我真服了她！"

尔康看着两个格格，只见一个毛毛躁躁，一个老老实实，心里的担心更是波涛汹涌，此起彼落。

第八章

　　这天，早朝之后没有多久，御花园里，就传来一阵大呼小叫的声音，震惊了整个的宫廷。大家纷纷从各个宫门里出来张望，只见小燕子拉着紫薇，紫薇拉着金琐，三个姑娘没命地飞奔着，穿过花园，穿过月洞门，穿过回廊……

　　小燕子一面飞奔，一面狂喊：

　　"皇阿玛！皇阿玛……你在哪里？不好了！香妃娘娘变成一只蝴蝶，飞走了！皇阿玛……香妃娘娘飞走了……"

　　平时文文静静的紫薇，也惊慌失措地跟着大喊：

　　"皇阿玛！赶快来呀……香妃娘娘化成蝴蝶了……"

　　丫头金琐，跑得上气不接下气，跟着喊：

　　"蝴蝶！蝴蝶……蝴蝶……大家来呀！怎么办啊？香妃娘娘飞走了……"

　　这样的狂喊狂叫狂奔，把乾隆、令妃、太后、晴儿、皇后、容嬷嬷、尔康、永琪全部惊动了，大家从各个宫殿里纷纷跑出来。宫女、太监、侍卫都乱糟糟地问着：

"怎么了？怎么了？"

乾隆迎向小燕子，急促地问：

"什么？什么？小燕子，发生什么事情了？"

令妃跟在乾隆身边，对小燕子喊道：

"怎么回事？不要慌慌张张，慢慢说！慢慢说！香妃娘娘怎样了？"

小燕子冲到乾隆和令妃面前，气急败坏地喊道：

"皇阿玛……刚刚我们和香妃娘娘在一起，娘娘要试一试自己的功力恢复没有，就站在宝月楼外面的院子里，转着转着去吸引蝴蝶，谁知道，她转着转着，就不见了……我们睁大眼睛看，只看到一只蝴蝶，飞到我的手上，又飞到紫薇的手上，好像在和我们告别，然后……它就越飞越高，飞过宫墙，就这样飞走了！"

乾隆大震，踉跄后退，摇头，不敢相信，瞪着小燕子说："这是不可能的事！没有的事！"他转向紫薇："小燕子在胡说什么？"

"真的！都是真的！"紫薇咽了口气，声音颤抖着，她的颤抖，是害怕，是内疚，却加重了语气里的真实感，"我、小燕子、金琐三个，亲眼看到香妃娘娘，化成蝴蝶飞走了！"她说着，就四面找寻："有没有飞到这边来？有没有？"她给了尔康求救的一瞥，东张西望："不知道……还会不会飞回来？"

尔康立刻呼应，震惊地喊：

"哪有这种事！你们看清楚没有？"

"看得清清楚楚！"紫薇被尔康鼓励着，又生怕小燕子会说得离谱，误了大事，就煞有介事地说道，"香妃娘娘在那儿转，对着我们三个，还一直笑，笑着笑着，就像水里的影子，变得好模糊……接着，我眼睛一花，再看，娘娘没有了，面前是一只白色的蝴蝶，身上还有红色的线条，好像她常常穿的白衣服，系的红衣带！她飞得好美好美，像是在跳舞……就这样飞啊飞啊飞走了！"

永琪赶紧插嘴："紫薇说得这么清清楚楚，一定是真的！"他转向尔康："尔康，你记得吗？上次，香妃娘娘病危，蝴蝶满天飞舞，你就说，香妃娘娘不是一个凡人！难道……她是神仙？就像小燕子说的，是蝴蝶仙子？"

"是！"尔康震动地回答，"她不是凡人！我早就知道，她绝对不是凡人！"

令妃脸色大变，急问：

"你们确定看到香妃变成蝴蝶？这可不是信口开河的事，不能乱说呀！好好的一个人，怎么会变成蝴蝶？"

乾隆震动极了，拼命摇头：

"不会！不可能！绝对不会！"

金琐也煞有介事地喊道：

"万岁爷！是真的呀……香妃娘娘转着转着，我们就看到，她的衣服像脱壳一样滑落下来，落在地上，她就变成蝴蝶了！如果皇上不信，赶快去宝月楼外面看看！衣服还在那儿呢！"

乾隆瞪大了眼睛，重重地呼吸：

"朕不信……朕一个字都不信！"

乾隆就拔脚向宝月楼奔去。令妃追在后面，也一起奔去。

尔康和永琪交换了一个眼神，尔康点点头，表示小燕子等人的戏演得不错，跟着向前跑。

容嬷嬷惊奇地看着皇后，问：

"娘娘！居然有这种事？香妃变成蝴蝶了，你相信吗？"

"那个香妃，身上会香，会引蝴蝶，会死而复活，还有什么事不可能？不管怎样，我们也跟过去看看！"皇后就带着容嬷嬷，也往宝月楼跑去。

太后怔怔地看着晴儿，实在觉得荒谬极了，震惊得一塌糊涂：

"香妃变成蝴蝶飞走了？小燕子和紫薇是这样说的吗？还是我的耳朵有毛病，听错了？"

晴儿惊愕极了，在惊愕中，还有一份强烈的不安。心里，像闪电般闪过昨晚尔康、永琪出宫时的紧张，还有那个压低了帽子、看不出容貌的小太监！她的心咚咚乱跳，若有所悟，嘴里喃喃地说：

"她们是这么说！香妃飞走了！"

"我们也去看看！"

太后和晴儿，也跟着去了宝月楼。

大家赶到宝月楼门口，就一眼看到，维娜、吉娜正在伏地痛哭。地上，含香的白色衣衫，摊在那儿，那个有羽毛装饰的白色头饰，也躺在草地上，含香的银环手镯、项链耳坠……全部在地。

乾隆看到这种景象，大震，就扑上前去，抓住维娜，摇着，痛喊：

"你们的主子去了哪里？快说！"

"公主变成蝴蝶，飞走了！"维娜用回语答着。

"公主是蝴蝶仙子，她回家了！"吉娜哭着。

乾隆不懂回语，不得要领，放掉维娜，惶然地回头，一把抓住紫薇摇着，急切之情，溢于言表：

"紫薇！你不会骗朕，你跟朕说清楚，香妃到底去了哪里？她是人，怎么可能变成蝴蝶？怎么可能？"

紫薇被乾隆一摇，心惊胆战。尔康和永琪也跟着一颤。

紫薇看乾隆如此痛心，真情的眼泪就夺眶而出：

"皇阿玛！对不起，我们看着香妃娘娘飞走，谁都无能为力，只能眼睁睁看着她去！我真的觉得好抱歉，我没有留住她！对不起，对不起！不过，皇阿玛！您想，香妃娘娘带着香味，和我们这些平凡的人，根本不一样！她化为蝴蝶飞走，是不是因为她属于人间的时辰已经到了，不得不走？香妃娘娘的所有所有，都不能以常理推测，她的走，也是这么神奇！"

乾隆大恸，疯狂地摇着紫薇：

"不！不会！她是朕的妃子……我们把她从死神手里都抢得回来，她怎么会变成蝴蝶飞走？你怎么不抓住她？这是怎么回事？朕不信！不信！"

小燕子往前一冲，拉着乾隆的胳臂，喊着：

"皇阿玛！香妃娘娘飞走了，总比她死了好！我知道了，她是蝴蝶变的！现在，变回蝴蝶，回到什么蝴蝶谷之类的地方去了！皇阿玛，您不要难过，如果香妃是回家了，她一定活在什么地方……她会祝福着您！"

令妃见三人说得头头是道，不得不信了。在震惊之余，拉着乾隆安慰道：

"皇上！看样子，这件事是真的了！紫薇说得对，香妃娘娘来了一趟皇宫，带给皇上好多欢乐，现在，她的时间到了，回到那个蝴蝶世界去了，我们也不要用人间的感情来牵绊她，让她无牵无挂地飞走吧！"

尔康就一步上前，对乾隆恭敬而诚挚地说：

"令妃娘娘说得对极了！皇上，李商隐的诗写得好：'庄生晓梦迷蝴蝶，望帝春心托杜鹃'！香妃娘娘，说不定只是皇上的一个'蝴蝶梦'而已！"

乾隆跟跄一退，大受打击地说道：

"蝴蝶梦！蝴蝶梦？不……她不是一个梦，她是实实在在的！朕要去宝月楼看看……说不定，她已经回来了！对！她能飞走，当然也可以飞回来！"

乾隆迈开大步，急急地走进了宝月楼。大家只得紧紧跟随。

宝月楼的大厅里，一切整理得干干净净，纤尘不染。哪里还有含香的人影？

乾隆冲进卧房，奔出奔进，到处找寻含香。找不到含香，他茫然失措。折回大厅，四面张望。只见景物依旧：回族乐器，回族地毡，回族壁饰……只是香妃已杳。

乾隆恍惚地看着这个房间，一时之间，情绪纷乱已极。

众人站在乾隆后面，全部鸦雀无声。

半晌，太后首先恢复了镇定，就一步上前，非常威严地说道：

"皇帝！看样子，这个香妃是确实消失了！不管她是用什么方式消失的，大概再也找不回来了！人生，有得有失，不能强求！想那香妃，远从新疆来这儿，进宫之后，发生的事，都奇奇怪怪……现在去了，未始不是大清的福气！皇帝是万乘之尊，请振作一点，不要为了一个妃子，失神落魄了！"

乾隆跌坐在一把椅子里。

众人看着他，谁都不敢讲话。只有太后，再说：

"皇帝！这件事情，太诡异了，传出去只怕对宫廷不利！不如对外宣称，香妃生了急病，去世了！"

乾隆一颤，眼前，浮起含香昨晚的容颜和话语：

"皇上，我已经失去了香味，不再是您的'香妃'了！那个'香妃'，已经被太后赐死，不存在了！希望您以后，就抱着这样的想法来看我！"

乾隆一个寒战，了解了含香说这句话时的诀别意味了。他抬起头来，看着太后，心里，充满悲切和怨恨。如果太后不赐死香妃，大概，香妃也不会消失吧？他尽管心里有恨有痛，却不能忤逆太后。挥了挥手，他哑声地说：

"你们通通下去！让朕一个人静一静！谁都不要来打扰朕！"

众人全部行礼如仪，退出房去。乾隆忽然喊道：

"小燕子、紫薇！你们两个留下来！"

紫薇和小燕子急忙站住。

尔康和永琪好不放心，给了两人一个深深的、警告的注视。

转眼间，大家都走了。

乾隆怔怔地坐在那儿，看着含香经常盘膝而坐的地毯，出着神。

紫薇和小燕子对视，两人都有着歉疚、同情和心慌意乱。

半晌，房里寂然无声。终于，乾隆打破了沉寂：

"小燕子！紫薇！你们过来！"

小燕子和紫薇忐忑地走上前去，一左一右，跪在乾隆面前。

乾隆就深深地凝视着两人，哑声地说：

"你们两个，向朕发一个毒誓，确实看到香妃变成蝴蝶飞走了！"

紫薇一怔，来不及开口，小燕子已经抢先说：

"我小燕子向皇阿玛发誓，如果没有看到香妃变蝴蝶，我会被乱刀砍死，闪电劈死……被皇阿玛砍头，五马分尸！尸体还被老鹰、野狗啃得乱七八糟！"

小燕子发完誓，心里很害怕。转眼看着窗外的天空，心里低低地祷告：

"天上的神仙，我小燕子被迫发誓，不能当真，你们千万不能让我应誓啊！"

紫薇只得跟着发誓：

"如果我没有看到香妃娘娘变蝴蝶，我会五雷轰顶，不得好死！"

小燕子慌忙对着天空，在心里帮紫薇祷告：

"天上的神仙，紫薇和我一样，不能应誓啊！"

小燕子和老天商量过了，就安心了。

乾隆盯着两人，看到两人都言之凿凿，赌咒发誓，实在不像撒谎。尤其紫薇，是个最诚实最坦白的姑娘，更不会胡言乱语，那么，一切都是真的了？他不得不有些相信了。就痛心地、神思恍惚地说道：

"那么，她确实不属于人间，不属于我们？她确实是个仙子，回归山林去了？"

紫薇看着如此痛苦的乾隆，心里好痛，忍不住把乾隆的手一握，热烈地喊道：

"皇阿玛！失去香妃娘娘，我们和你一样伤心！可是，你想想看，香妃自从进宫，很少有高兴的时候，还几次三番，差点丢了性命！身体上，心灵上，都受到很大的伤害！她是不自由的，不快乐的！现在，她走了！对她来说，是一种幸福，一种解脱！从此，她可以自由自在地飞舞，不再受到宫里的折磨了！皇阿玛，如果您真的爱她，应该为她的离开而高兴呀！请您不要难过了，好不好？我保证，香妃娘娘会在一个神仙一样的世界里，为皇阿玛祈福！"

小燕子也热烈地接口：

"就是！就是！香妃飞走的时候，我好像看到有一团彩色的云，把她接走！空中，还有弹琴的声音，吹箫的声音，唱歌的声音……好热闹啊！好像有一队吹鼓手，在为她奏乐……"

紫薇忍不住轻轻地咳了一声，小燕子才赶紧住口。

乾隆就半信半疑地看着她们，痛楚地说：

"你们两个言之凿凿，朕不能不信！但是，这件事太玄了，朕实在不能接受！"

紫薇深深地看着乾隆：

"香妃娘娘的故事，哪一件不玄呢？我从来就不知道有人生来就带着香味，皇阿玛，你觉得那不玄吗？吃了鹤顶红，太医都宣布去世了，她会活过来，那不玄吗？病重的时候，香味弥漫了整个皇宫，蝴蝶纷纷飞来跟她告别，那不玄吗？香妃本身，就是一个很美很玄的传奇啊！我们就别把她当真，只当是个传奇吧！"

乾隆哑口无言了，就痛楚地看着含香的座位，依稀又看到，跳着蝴蝶舞的含香。

"是啊！香妃本身，就是一个很美很玄的传奇！"乾隆自言自语地说，"化作蝴蝶飞走了……蝴蝶！是啊，前晚她跳舞的时候，朕就觉得，她好像一只要振翅飞去的蝴蝶！原来……她真的要飞走了！"

乾隆就痴痴地发起呆来。

紫薇和小燕子，悄悄地对看一眼，就静静地坐在那儿，陪伴着乾隆。

香妃变成蝴蝶飞走了，这件事，震惊了整个宫廷。

在坤宁宫里，容嬷嬷看着皇后，神秘地说：

"皇后娘娘，您看这件事，是不是太离奇了？会不会其中有诈？"

"怎么说？"

"那个香妃，虽然很古怪，可是，变成蝴蝶飞走，还是太稀奇了！这件事只有那三个丫头看见，又不是人人看见！如果香妃真有特异功能，会变成蝴蝶飞走，她为什么不在大家都看得见的时候飞走，要只在她们三个面前飞走呢？"

"你说得有理！"皇后沉思地说，"但是，香妃会招蝴蝶，这是人人都看见的事！你也说过，她一定会妖术！现在化为蝴蝶飞走，好像也很有可能！如果她不是变成蝴蝶飞走，那么，她去哪里了？"

"她会不会逃走了？上次老佛爷差点杀了她，她知道这个皇宫不好玩了，说不定就偷溜出宫，逃到新疆去了！"

"她是娘娘，要偷溜出宫，哪有这么容易？"

"如果漱芳斋几个丫头，再加上五阿哥和福大爷，里应外合帮助她呢？"

"这话可一点证据都没有，只是推测罢了！"皇后摇摇头，"为什么他们要集体帮香妃逃走呢？太说不过去了！那么多的人，都发疯了吗？我宁愿相信香妃变成蝴蝶飞走了，也不会相信他们冒着砍头的危险，把香妃送出宫去！何况，他们明知道皇上迷恋那个香妃，已经到了不能自拔的地步！他们干吗和皇上过不去呢？"

容嬷嬷点头：

"是啊！这有点说不通！可是，奴婢就觉得这里面有文章！说不定他们跟那个香妃感情太好，害怕老佛爷把香妃赐死，采取了什么非常手段！"

皇后深思着，有些兴奋起来：

"如果能够有证据，说是香妃被他们几个放走了……那么，他们这一帮人，就通通死定了！"

容嬷嬷眼睛一亮，就起劲地说道：

"娘娘！上次你让奴婢去追查他们每次出宫干什么，奴婢已经查出结果来了！他们都去一个地方，名叫会宾楼！那个酒楼的老板，是一对兄妹，哥哥叫柳青，妹妹叫柳红！"

"只是一家酒楼而已？"皇后皱皱眉头，"那也没有什么，既然出宫，当然是花天酒地了！去一家熟悉的酒楼，好像构不成什么大罪！"

"可是……"容嬷嬷压低声音说，"听说那家酒楼里，曾经有回人出入！"

皇后大震，陡然提高了声音：

"什么？"

坤宁宫在研究着香妃，慈宁宫也在研究着香妃。

太后在房间里走来走去，烦躁不安地思索着，说："变成蝴蝶飞走了？一个妃子，居然变成蝴蝶飞走了！这么荒诞的故事，如果传出去，咱们这皇宫，还有尊严吗？老百姓一定绘声绘色，把这件事渲染得更加离奇！本来，有个会'香'的妃子，就已经够怪了，现在，这个妃子还会变蝴蝶！"她站住了，喊："晴儿，你是个聪明人儿，你帮我分析一下，到底这个香妃是怎么回事？鹤顶红毒她，她也不死，还能变成蝴蝶飞走！"

晴儿看着太后，深思地回答：

"这事确实怪极了！香妃吃下鹤顶红那天，有蝴蝶飞进皇宫，那是很多人都亲眼目睹的事！香妃死而复生，也是事实！我想，香妃大概真的和蝴蝶有些渊源吧！说实话，我对于很多不可解的事，像是鬼神灵魂这类，都带着敬畏的心情。不敢说它不存在，因为很多人亲身经历过！香妃，也是这样！"

太后就烦恼地说道：

"那么，我们该怎么办呢？对外怎么说呢？如果阿里和卓来跟咱们要人，难道，咱们就告诉他这个故事吗？"

"老佛爷不是心里已经有谱了吗？当然说她生病去世了！如果上次吃了鹤顶红，她就死了，咱们也得这样说！是不是？总之，老佛爷本来就不喜欢香妃，她变成蝴蝶也好，她变成蜜蜂也好，走了就算了！"

"那……咱们宣布她死了，她还会不会飞回来呢？如果这只蝴蝶只是飞出宫去玩玩，明天又飞回来了，再变回香妃，那怎么办？如果，她一会儿回来，一会儿飞走，飞来飞去的，和咱们开玩笑，那又怎么办？"

晴儿睁大眼睛，傻住了。心想，这个疑问，恐怕只有漱芳斋才能解答了。

漱芳斋里，永远是热闹而紧张的。

紫薇和小燕子被乾隆留了下来，尔康和永琪就乱了方寸。金琐也急得像热锅上的蚂蚁。大家什么心情都没有，在漱芳斋里引颈盼望，一心一意地等紫薇她们回来。好不容易，总算看到两人回来了，尔康、永琪、金琐就急忙地迎了过去。

"怎样？怎样？皇阿玛信了吗？他有没有再审问你们？"永琪着急地问。

"进来说话！关好门再讲话！"尔康机警地说。

大家赶紧进房，把房门关好。紫薇就对三人安慰地笑笑。

"好紧张啊！皇阿玛真的是不大相信，要我们两个发毒誓……"说着，就去看小燕子，"你那个誓怎么发得那样重，什么砍头、五马分尸、尸体给老鹰野狗啃……听得我心惊肉跳。如果我们两个应了誓，怎么办？"

"不会啦！我心里一直在祷告，要天上的神仙别管我们的毒誓！神仙知道我们是做好事，应该奖励我们才对，怎么会让我们应毒誓呢？"

"那么，你们发了誓，皇上就信了吗？"尔康急急地问。

"皇阿玛太伤心了，我觉得他现在有点糊涂，没有力气去想了！他曾经亲眼看过含香和蝴蝶的奇迹……所以，他就只有相信了！可是，他好可怜啊，一直到现在，都呆呆地坐在宝月楼里，希望含香还会飞回来！"紫薇说着，就看尔康，"我觉得我好坏啊！如果皇阿玛知道了真相，一定会恨死我！"

"那么，他是相信了？"尔康再问。

"好像相信了！"

尔康就握紧了紫薇的手，恳切地说：

"不要再后悔了！我们也没有选择是不是？想想蒙丹，不可怜吗？含香不可怜吗？他们不只可怜，还在生死边缘徘徊，一个弄不好，就会送命！我们怎么可能见死不救呢？"

永琪深有同感，说：

"尔康说得对极了！不要后悔！皇阿玛虽然伤心，可是，他还有令妃娘娘，还有二十几个老婆，过一些日子，他就忘了！人家蒙丹，从十二岁开始，生命里就只有含香一个！"

"就是！就是！反正事情已经做了，后悔也来不及了！"小燕子嚷着，转着眼珠一笑，看众人，"我今天的戏演得很好吧？说得活灵活现，演得那么逼真，连我自己都有一点相信了！所以我常说，我的功夫不怎么样，我的演技是第一流的！我们这个故事编得还真好，尔康是个天才，会想出这样的说法，说是变成蝴蝶，真是一点漏洞都没有！"

"谁说没漏洞！最大的一个漏洞就是可信度太低！"尔康不安地皱皱眉，"不过，到现在为止，好像把大家都糊弄过去了！老佛爷那儿很安静，皇后那儿也很安静，皇上忙着伤心，也很安静！截至目前，没有发兵去追捕含香。现在，他们大概已经到了石家庄了！"

"即使过两天，皇阿玛醒悟过来，要发兵去搜捕，也失去时效了！现在每过一个时辰，他们就更安全一分！等到再过两天，他们就进入嵩山山区，那就无从追捕了！"永琪分析着。

"这么说，我们算是成功了？这个蝴蝶的故事，也成立了？我们还有没有危险呢？难道，整个皇宫都相信这个故事了吗？"金琐问。

"大家还是要继续演戏！紫薇、小燕子，你们还是要常常去宝月楼，做出一副思念香妃的样子来，在皇上面前，尤其不可'掉以轻心'！知道吗？"尔康叮嘱着。

小燕子又听不懂了，紧张地追问：

"不可以掉什么东西？谁掉了东西？"

"'掉以轻心'就是说要小心！"永琪解释。

"要小心就说要小心嘛，说什么'掉了金星'？我还以为含香的什么首饰掉了，露出马脚了！"

大家正谈得紧张，门上，忽然传来敲门声。金琐急忙把手指放在嘴唇上：

"嘘……"

金琐把房门开了一条缝，小卓子伸头进来，悄声说：

"晴格格来了！"

大家都一个惊跳。尔康点点头，金琐打开房门，晴儿一闪身，进来了。

晴儿站定，就睁大眼睛看着大家，急促地说："老佛爷在休息，我趁空跑过来，要你们大家一句话……"她环视众人，开门见山地问："你们把香妃娘娘藏到哪里去了？"

紫薇吓了一跳，看尔康。尔康迟疑了一下，急急地说：

"我们没有藏她，她变成蝴蝶飞走了！"

晴儿一跺脚，说：

"在我面前，不要假装了！昨晚我送三皇姑出门，看到你们两个神神秘秘，在宫门那儿和侍卫搅和不清，如果我不及时帮你们，大概今天香妃娘娘也不会变成蝴蝶了！是不是？"

永琪一听，瞒不住了，脸色一正，对晴儿诚恳地说：

"晴儿！既然给你撞见了，我们也不瞒你了，可是，这件事关系到我们一大群人的生命，甚至包括你的！所以，你什么都不知道比较好！香妃娘娘就是变成蝴蝶飞走了！"

"难道，昨天晚上，那个小太监是香妃？"晴儿脸色变白了。

"你以为是谁？"尔康问。

"我以为是小燕子！以为你们又要溜出去玩……"晴儿就张口结舌地低喊，"天啊！我帮你们把香妃偷运出宫了！"

"嘘！声音低一点！"尔康赶紧接口，"这个事情，将来我再告诉你前因后果，是个好长好长的故事！不只惊心动魄，而且荡气回肠！包你听了以后，会跟我们作同样的决定，冒同样的危险！但是，现在没时间说，请你在老佛爷面前，还要帮我们圆谎才好！"

"我明白了……"晴儿的眼睛睁得滴溜滚圆，"你们好大的胆子！真是不怕死呀！好……我懂了，我尽力就是了……"

晴儿话没说完，外面，骤然传来尖声的大叫：

"老佛爷驾到！"

这一下，大家真是吓得一佛出世，二佛升天。晴儿脸色惨变。

"怎么办？怎么办？我藏到哪儿去比较好？如果被老佛爷发现我在你们这儿，以后我说什么话都没用了……"晴儿慌张地喊。

"去我的卧室！赶快！"紫薇说。

"我带你去……"金琐拉着晴儿就跑。

"我先去拦住门……"尔康往门口跑。

小燕子大乐，拍着手大笑：

"哈哈！你们去紧张吧！没看到会被一只鹦鹉吓得到处乱跑的人！哪有老佛爷，那是'小骗子'的老把戏了！哈哈……哈哈！"

晴儿停步，跑回头，众人这才恍然大悟，都围过去，围着那只鹦鹉。小燕子就伸着拳头，对那只鹦鹉大声吆喝：

"我警告你，小骗子！什么'老佛爷驾到，皇上驾到'你都给我闭口！你以为吓得到我，是不是？老佛爷有什么了不起？一个老太太而已，你以为我怕她，我才不怕！就算她是'虎姑婆'，她也没办法吃了我，下次再喊什么'老佛爷'，我就让你变成'老秃子'……"

小燕子话说了一半，觉得房间里安静得出奇，心里有点发毛。她慢慢地回头，却赫然看到太后挺立在门口，小邓子、小卓子一脸的着急，站在太后身后，拜天拜地，对小燕子挤眉弄眼兼做杀头动作。小燕子这一惊，真是非同小可。

晴儿已经躲避不及，只得硬着头皮喊：

"老佛爷！"

房里众人，个个脸色苍白，神情紧张，全部请下安去：

"老佛爷吉……吉祥！"

小燕子接触到太后那凌厉的眼光，心里一慌，本能地往后一退，把小茶几也撞翻了。茶杯落地，乒乒乓乓。小燕子一跺脚，乱七八糟地说："真该死！老佛爷……不不！"慌忙摇着手："我不是说您该死，我是说那只鹦鹉该死……老佛爷……您进来怎么也不吭声？怎么真的是您？我以为是鹦鹉……不不，我不是说您是鹦鹉……我是说，那只鹦鹉是鹦鹉……"她越说越语无伦次，就大骂道："小邓子！小卓子！老佛爷来，你们怎么不通报？"

小邓子、小卓子哭丧着脸说：

"主子！格格，我们通报过了！"

太后往前一迈，面罩寒霜，眼光锐利地看着小燕子，声色俱厉地说：

"我是'虎姑婆'？啊？我没什么了不起？啊？我不过是个老太太？啊？我拿你没办法，吃不了你，啊？"

小燕子赶紧赔笑：

"不不不！老佛爷好了不起，不是'虎姑婆'，拿我有办法，不是老太太，不不，是老太太，是伟大的老太太，吃得了我，吃得了我……"

太后一拍桌子，怒声打断：

"你这个毫无规矩，不学无术，对长辈也毫无尊敬的丫头！你给我记住！这样放肆，你会付出代价的！不要以为你有阿哥和皇帝撑腰，就一天到晚胡作非为，如果我真要办你，阿哥也好，皇帝也好，谁都帮不了你！"

永琪心惊胆战了，急忙上前，禀道：

"老佛爷！小燕子不是对您不尊敬，是在和那只鹦鹉逗着玩……"

太后看永琪，再度厉声打断：

"永琪！你也住口！用不着帮小燕子说话，她说了些什么，我已经听得清清楚楚，她说的不是外国话，我听得懂，不用你再来费心翻译！如果你为了她，不耐烦当阿哥，也随你的便！阿哥多得很，你威胁不了我！"

永琪咬牙不说话，气得脸色发青。

太后就掉头去看晴儿。

"晴儿！你在这儿干什么？"

晴儿安抚住自己狂跳的心，勉强维持着镇定，屈了屈膝说：

"回老佛爷，我是过来问一问有关香妃娘娘变蝴蝶的事，我总觉得这事有点离奇，想问问清楚！"

"你问清楚了没有？"太后锐利地问。

"才刚刚说两句话，老佛爷就来了！"晴儿嗫嚅地说。

太后满腹狐疑地看了看众人，盛怒地说道："你们大家葫芦里卖的是什么药，我迟早会查出来！"说着，就严厉地一吼："香妃娘娘确实变成蝴蝶飞走了吗？"

众人一凛，紫薇、小燕子、金琐和尔康、永琪就全部异口同声地答道：

"确实变成蝴蝶飞走了！"

太后敏锐地看过来：

"尔康、永琪，难道你们两个也亲眼看到了？为什么你们答得这么肯定，这么干脆？"

永琪和尔康一惊。尔康就敏捷地接口：

"回老佛爷，因为我们对两位格格深信不疑！她们没有必要撒这样的谎！"

"就是！就是！"永琪慌忙附和。

太后的眼光，阴沉地扫过五个人的面孔。

"很好！你们都是慧眼，看得到我们看不到的奇迹！那个香妃，跟你们走得很近，所有的怪事，你们都参加一份！如果有一天，你们大家集体变成蝴蝶飞走了，我也见怪不怪了！"

太后说完，就看着晴儿，大声喊：

"晴儿！跟我回慈宁宫去，要不然，总有一天，你也会变成蝴蝶飞走！"

"是！"晴儿心虚地说。

太后掉头就走。晴儿急忙跟随。

一屋子的人，连忙请安：

"恭送老佛爷！"

太后带着晴儿走了，众人这才你看我，我看你，个个惊魂未定。

小燕子一个箭步，就又跳到那只鹦鹉面前去，伸着拳头喊："你这个坏东西！都是你害我！"

"坏东西！坏东西！"鹦鹉大声响应。

"你才是！你才是！"小燕子大喊，和鹦鹉比嗓门。

尔康吸了口气，沉重地说：

"小燕子，别和鹦鹉吵架了！大家提高警觉吧，我觉得，太后对我们那个故事，并没有完全相信，我们的问题，还多得很呢！"

紫薇点头，永琪点头，金琐点头，个个忧心忡忡。只有小燕子，还是一脸的乐观，振振有词地说：

"别怕！皇阿玛都信了，其他的人，管他呢！"

第九章

一连两天，宫里都很安静。

乾隆忙着追悼含香，没有情绪过问任何事情。在这段追悼的时间里，他也曾仔细地分析过紫薇她们的故事。这故事实在太玄，他想来想去，觉得疑窦重重。可是，他没有办法怀疑紫薇。紫薇的真挚、善良和诚实，是他深信不疑的。别人或者会骗他，紫薇不会！而且，不管这个故事有多少可疑的地方，有个事实是不变的，那就是，他已经失去他的香妃了！他不止一次沉痛地想着，或者，他从来没有得到过香妃吧！他每天徘徊在宝月楼，思前想后，无限伤心。在不眠的深夜里，为香妃写下了一阕词：

"浩浩愁，茫茫劫。短歌终，明月缺。郁郁佳城，中有碧血。碧亦有时尽，血亦有时灭。一缕香魂无断绝，是耶非耶？化为蝴蝶。"

以上这阕词，刻在一块墓碑上，被后人发现。那个坟墓在北京的陶然亭北边，一堆荒烟蔓草里。当地人称它为"香冢"。这阕词到底是谁写的？就和这个墓一样成谜。一九三○年，清代著名工匠曹发达的后裔曹献瑞，迫于生计，把家藏的清朝各项工程样图，卖给北平图书馆与中法大学，在图卷中赫然发现"香妃陵工图说"，详记奉旨设计年月。后来奉太后之命停止，而未曾动工。核对图中所画的陵址，正是"香冢"的地址。这件事留给后人无尽的迷思。关于香妃，传言更多。有人写下"四十五言铭古冢，埋香瘗恨总模糊"的句子。对香妃的故事，有种种的揣测。总之，在"史不载"的情况下，香妃是个谜。但是，在我们的故事里，"是耶非耶？化为蝴蝶"的来龙去脉，却是如此这般的。

后话不提，回到我们的故事里。

乾隆很安静，漱芳斋也就很安静。大家静静地等待着，时间一点一滴地流逝，表示含香和蒙丹就越走越远，越来越安全了。算算时间，柳青、柳红也该回来了。

宫里各处都很安静，但是，会宾楼并不安静。

这晚，会宾楼来了十几个短打装扮，眼神锐利的精壮汉子，他们聚集在一桌。对会宾楼的每个客人打量注视着。带头的一个，身穿灰色衣裳，走路脚不沾尘，一看就是个武功高手。这人不是别人，正是在御花园和尔康交过手的那个太监。他的名字叫巴朗，是皇后的亲信。

萧剑坐在他自己的位子上喝酒，桌上放着他的萧和剑。他已经半醉，一面喝酒，一面摇头晃脑地念着诗：

"书画琴棋诗酒花，当年件件不离他，如今五事皆更变，箫剑江山诗酒茶！"

巴朗对同桌低语：

"那是个书呆子！不是我们要找的人！"

正说着，柳青、柳红送完蒙丹，回到了会宾楼。两人都是面有倦容，风尘仆仆，一看就知道赶了远路。巴朗和他的手下立即全神贯注，盯着两人。

箫剑看到柳青、柳红走进来，立刻站起身。他满脸酒意，一手拿起他的箫和剑，另一手端着酒，歪歪倒倒地往外跑。一不小心，就撞在柳青身上，把一杯酒全部洒了。柳青莫名其妙地躲着，喊：

"哎……"

箫剑把握机会，立刻低声警告：

"有埋伏，快跑！"

柳红看到箫剑警告的眼光，立刻醒觉，低声喊：

"我们快退！"

柳青、柳红转身就向外走。

那些汉子立刻跳起身来，飞身去拦截柳青、柳红。巴朗大声喝问：

"站住！请问你们是不是柳青、柳红？"

柳青一掌劈了过去：

"是又怎样？不是又怎样？关你们什么事？敢拦住我们的路？"

"柳青！柳红！"巴朗喊，"你们不要抵抗了！我们是官府里的人，奉旨带你们去刑部问话！赶快跟我们走！不要敬酒不吃吃罚酒！"

柳红抽出腰间的鞭子，一鞭打向迎面的大汉。柳青也飞跃而起，拳打脚踢。那些大汉，就全部动手，刀枪长剑，各种武器纷纷出笼。桌子椅子，垮的垮，倒的倒。宾客们吓得抱头鼠窜，仓皇逃避。萧剑站在大厅里，大声地喊着：

"大家逃啊！前面都给他们堵死了，往后面跑！快啊……被砍一刀就没命了！逃啊……逃啊……"

宾客大乱，有的往前跑，有的往后跑，乱成一团。那些大汉，在宾客中蹿来蹿去，难免碍手碍脚。柳青、柳红不敢恋战，不断把桌桌椅椅全部踹飞，以抵挡敌人。但见杯杯盘盘，汤汤水水，都飞向众大汉。

柳青、柳红就边打边退。怎奈敌人武功高强，追杀过来，打得他们捉襟见肘。打了一阵，两人不敌，柳红手中的鞭子，被敌人卷得脱手飞去。柳青挨了一掌，摇摇晃晃。

正在紧急之中，大厅中所有的灯火，全部熄灭，一片黑暗。

"糟糕，怎么没亮了？"一个大汉问。

黑暗中，巴朗挨了重重的一拳，大叫：

"看清楚再打！打了自己人！"

突然之间，像闪电一样，每个大汉都挨到拳打脚踢，有的被打到鼻子，有的被打到眼睛，有的被打到下巴，有的被打到胸口，大家七嘴八舌，纷纷大叫。

"喂！是谁打我？报上名来！"大汉喊着，一拳打出去。

"哎哎！巴朗！你怎么踢我？谁在前面？吃我一拳！"

"哎哟，你打了我的鼻子！"

"混账！那是我的下巴……你乱打，我踢死你！"

众人在黑暗中，乒乒乓乓，乱打一气。

柳青、柳红就趁此机会，很熟悉地溜出边门，没命地跑走了。

两人一路飞奔，一直跑到阜成门外。不见有人追来，两人才停下来喘息，不时回头观望。柳红惊喊："糟糕！箫剑没有逃出来！他不会武功，落在敌人手里就没命了！我们赶快回去救他……"说着，又往回跑。

"你不要糊涂，官兵要抓的是我们，不是箫剑！"柳青一把抓住她，"如果要抓箫剑，老早就抓了，还会轮到箫剑来给我们报信吗？所以，他一点危险都没有！那些人武功高强，我们不是对手，千万不要再回去送死了！"

柳红惊魂稍定，睁大眼睛问：

"为什么官兵要抓我们？难道小燕子他们的故事没有过关？"

"如果没有过关，我们回来的这一路上，应该已经到处都是追兵，闹得满城风雨，人仰马翻了！可是，一路都安安静静，实在不像有什么大事发生呀！"

"那么，怎么会有人埋伏在会宾楼，等着抓我们呢？"

"那些人，可能不是官兵！"柳青深思着，"如果是官兵，为什么穿着老百姓的衣服？大可公然来抓人啊！那么神秘干什么？"

"说的也是！"

"总之，我们这个会宾楼是露了相，我早就说，小燕子、永琪他们太大胆，每次来会宾楼，都没有什么顾忌！我知道迟早会出事。你想，他们那群人，男的长得俊，女的长得俏，多么引人注意！今晚这一场闹，也可能跟含香一点关系都没有，我们先不要自己吓自己！"

"指明了要抓我们两个，总是冲着我们而来！我们又没犯法，又没做坏事，规规矩矩做生意、除了含香这件事，还有什么事会引起武林高手的注意？"柳红看看柳青，问，"我们现在去哪里？怎么办？"

"先到银杏坡的小茅屋里去避一避风头，过两天，我再去学士府，找到尔康，才知道到底是怎么回事。反正，那个会宾楼大概完了，再也不能回去了，我们半年的经营，又完蛋了！好在，蒙丹和含香，已经送到安全地带了！"

"会宾楼完蛋就完蛋，没有关系！我担心的，是小燕子他们，到底过关没有。"

本来，小燕子她们，应该算是过关了。但是，会宾楼的被砸，把所有的计划都打乱了。

这天，太后把乾隆请到了慈宁宫。乾隆才站定，就看到一群太监，搬着一堆伏魔棒、面具往他面前一放。他瞪着那些伏魔棒和面具，困惑已极：

"伏魔棒？面具？这不是那些萨满法师的用具吗？你们在哪儿找到的？"

皇后、太后面色凝重地站在他面前，容嬷嬷、桂嬷嬷站在后面。

"皇后！还是你来告诉皇上吧！"太后面罩寒霜，看看皇后说。

皇后就上前几步，屈膝说道：

"臣妾知道，臣妾现在说什么，皇上都不爱听，但是，臣妾却不能因为皇上的'不爱'，就停止对皇上的忠心和关心！香妃失踪已经三天了，整个皇宫人心惶惶，传言纷纷！臣妾听说那个宝月楼和漱芳斋一样，都曾经找过萨满法师来作法驱鬼！这些作法驱鬼的用具，昨天晚上，在市内一家名叫'会宾楼'的酒楼里面搜出来！这家酒楼，就是两位格格和五阿哥、福大爷，每次出宫，一定去报到的地方！"

乾隆呼吸急促了，眼睛睁得更大了。

"会宾楼？他们去酒楼……那……表示这些萨满法师也住在这个酒楼里！"

"不错！"皇后有力地说，"表示这些法师都和小燕子她们很熟悉，是不是真的法师，我们就不知道了！萨满法师和香妃娘娘的失踪，有没有关联，我们也不知道！但是，昨晚，我派去的人，才亮了身份，双方就打了起来，对方个个是高手，那个酒楼里的老板，柳青、柳红乘乱逃走了！但是，我们抓到两个店小二！一个大厨师，还有一个在帮忙的小丫头！据他们说，这个会宾楼里，曾经住过好几个回人！个个会武功，其中一个，小燕子喊他'师父'！"

乾隆惊跳了起来，不敢相信地喊：

"回人！师父？"

"万岁爷！"容嬷嬷就谦卑地说，"几个人犯，都已经押在大内监牢里，事关格格、妃子、阿哥、亲王等人的清誉，不敢送去刑部调查。万岁爷要不要亲自审问一下这几个犯人，把事情弄弄清楚？"

乾隆怔着，大受打击，目瞪口呆，嘴里喃喃地、低哑地自语：

"萨满法师？回人？"

乾隆眼前，蓦然闪过蒙丹和箫剑那锐利深邃的眼光，那么冷冽的眼光，曾经让他震颤不安的眼光……他有些明白了，整颗心都揪紧了，痉挛了。他喃喃地说：

"不不！小燕子和紫薇，不会这样欺骗朕！"

小燕子和紫薇，正一团慌乱。因为尔康和永琪，带来了会宾楼的消息。

"我告诉你们一个坏消息，我们今天去会宾楼，发现会宾楼昨晚被人砸了！"

"什么？"紫薇大惊，"柳青、柳红呢？他们回来没有？"

"听说已经回来了！"永琪急促地说，"我们看到会宾楼一片乱七八糟，里面桌子椅子，全体砸碎，店小二和厨师全部失踪！整个楼空空的，我们匆匆忙忙地向隔壁的人家打听了一下，据说，昨晚曾经大打出手，有人高喊，是官兵奉旨捉拿会宾楼的老板柳青、柳红！"

小燕子、紫薇、金琐全部震动了。小燕子就大喊：

"我要去看看！我马上去找令妃娘娘，让我出宫去！"

小燕子说着，往外就跑。永琪、尔康急忙拦住她。

"你不要冲动！"尔康喊，"现在情况危急，你还这么沉不住气！如果会宾楼已经被'官兵'看管，那么，我们大家经常去会宾楼的事，就不是秘密了！本来，我们每次出宫，也太招摇了一点，我一直以为，就算大家知道我们去会宾楼，也没有什么大关系！但是，现在有人胆敢砸掉会宾楼，胆敢自称是'官兵'，我就觉得事情不妙！"

"怎么不妙？"金琐急急追问，"柳青他们会不会被抓了？是不是皇上对于香妃的事，已经疑心了？如果柳青、柳红被抓，会不会用刑？尔康少爷，你们赶快去打听一下真相呀！你们一个是阿哥，一个是御前侍卫，难道还打听不出真相吗？"

"还有那个箫剑呢？"紫薇着急地说，"他不会武功……柳青、柳红或者逃得掉，他一定逃不掉！怎么办？"

正说着，院子里已经传来赛威、赛广的声音，在大声地说着：

"皇上有旨，传紫薇格格、还珠格格和金琐去慈宁宫问话！"

紫薇、小燕子、金琐全部变色。

尔康一拉永琪，毅然决然地说："我们一起去！不能让她们三个来面对这种局面！"说着，觉得事情紧急，回头喊道："小邓子！小卓子，你们赶快去找令妃娘娘，要她赶到慈宁宫去！"

小邓子机灵地应道：

"是！我们懂了！"

紫薇、小燕子、尔康、永琪、金琐五个人，就这样来到慈宁宫。他们匆匆忙忙走进大厅，就一眼看到，乾隆、太后，皇后、容嬷嬷都在，个个面罩寒霜。乾隆看到了他们，猛然一抬头，厉声地喊：

"小燕子、紫薇、金琐！你们跪下！"

紫薇、小燕子、金琐做贼心虚，通通跪下了。

尔康和永琪，紧张得不得了，站在后面，不敢说话。

"紫薇、小燕子、金琐！朕现在再问你们一次，香妃娘娘到哪里去了？"乾隆盯着三个姑娘，严肃地、森冷地问。

小燕子害怕起来，硬着头皮说：

"皇阿玛问过好多次了，怎么还要问？就是变成蝴蝶飞走了！"

乾隆不看小燕子，眼光锐利地、沉痛地看着紫薇：

"紫薇，你的说法也不改变？你是一个诚实、善良的孩子，朕信任你，喜欢你，相信你在任何情况下，都不会对朕撒谎！朕要再问你一次，你'确实'亲眼目睹，香妃变成蝴蝶了？"

紫薇痛苦极了，张口结舌。尔康和永琪站在后面，急得心慌意乱，爱莫能助。

"皇阿玛！我确实亲眼目睹，香妃娘娘变成蝴蝶了！"紫薇终于咬牙说。

"紫薇，你那天对朕发过毒誓！现在，朕要你再发一个毒誓，如果你欺骗了朕，你会失去尔康，失去你所有的幸福！"

紫薇大震，身子一晃，脸色惨白。对紫薇而言，生命不重要，受苦不重要，坐牢砍头都不重要，"失去尔康"却是至悲至惨的事！她可以用任何事情发誓，就是没有办法用尔康发誓。乾隆盯着她，看到她这种神色，心里就有数了，厉声吼：

"快说！用尔康来发誓！如果你说了假话，尔康会受到报应！"

不能这样！不能让尔康受到报应啊！紫薇脸上，已经一点血色都没有，张口结舌，什么话都说不出来。尔康站在后面干着急，心里在喊着：紫薇，没关系！发誓呀，尽管发誓呀！不会应誓的！但是，紫薇就是不敢发誓。

小燕子急忙仰头看窗外，心里飞快地祷告：

"天上的神仙，我和紫薇，不管发了什么毒誓，都是为了含香和蒙丹，千万不能让我们应誓！阿弥陀佛！"

小燕子和老天商量完了，就抢着回答：

"皇阿玛！你不要为难紫薇了，你明知道紫薇看重尔康，比她自己还重要，你要她用尔康来发誓，那等于是夹她手指一样！会……'屈打成招'的！还是我来跟你发誓吧！如果我们说了谎话，我会变成黄鼠狼，变成毛毛虫，变成猪八戒，变成石头、泥巴、烂木头……来生还会投生做一个狗头猫脸的怪物……"

"住口！"乾隆大吼。

小燕子一吓，急忙住口。

紫薇知道，自己继续沉默下去，等于是默认了，只得痛楚地说：

"皇阿玛！发誓有用吗？如果您怀疑我们，我们无论发什么毒誓，都没有用，您还是会疑心的！"

"问心无愧，怕什么发誓？"乾隆怒道，"我还是要你亲口再说一次，香妃去哪里了？"

紫薇心一横，痛楚地、咬牙地说：

"我发誓……她变成蝴蝶飞走了！"

"那么，紫薇！那个萨满法师是谁？"乾隆再问。

紫薇大惊。尔康、永琪大震。

"萨满法师……"紫薇讪讪地重复着。

"小燕子，你的师父是谁？"乾隆再一吼。

小燕子吓得整个人一跳，眼睛睁得好大。

乾隆脸色一变，大声喊：

"容嬷嬷！把东西拿来！"

"是！"

容嬷嬷就到里面房间，拿出了伏魔棒和面具，重重地往五人面前一放。眼光阴沉而得意地对五人一扫。

"带那个小丫头过来！"乾隆再喊。

容嬷嬷再去里间，带出一个戴着脚镣手铐，面目清秀的女孩。小燕子等五人一看，个个面容惨变，那个女孩不是别人，竟是宝丫头！

小燕子脱口大喊：

"宝丫头！你怎么会在这里？"

宝丫头一看到紫薇和小燕子，就哭着奔上前来，害怕地喊着：

"小燕子姐姐，紫薇姐姐……赶快救我，我不要待在监牢里，我好害怕，那里又冷又黑，只有我一个人……"

容嬷嬷按着宝丫头的头，厉声说道：

"跪下！不许说话！这儿是什么地方？哪里可以大呼小叫？"

宝丫头跪了下去，铁链丁零咣啷响着，她跪在那儿发抖，看来好生凄惨。

"你们几个，还要编故事吗？"乾隆喊着，"是不是要朕把这个小丫头推出去斩了？来人呀……来人呀……"

小燕子的勇气全部瓦解，她崩溃了，扑上前去，一把抱住宝丫头，痛喊出声："皇阿玛！请你饶了宝丫头，她是个小孤儿，没爹没娘，在大杂院里跟了我好多年……她在会宾楼帮帮忙，给厨师打打下手，她那么小，什么都不知道！你们把她捉来干什么？还不赶快拆掉这些铁链……"说着，就去拉扯着铁链："拆掉！拆掉！她的手脚都磨破了呀……"

紫薇看着饱受折磨的宝丫头，也崩溃了，眼泪一掉，磕下头去，喊着说：

"皇阿玛！您把我处死吧！是我的主意，萨满法师，变蝴蝶……都是我的主意……我已经无路可走，香妃娘娘再不离开皇宫，就必死无疑了，我和娘娘一见如故，不忍心看着她死。我以为我在给皇阿玛积德，自己做主，放她一条生路！"

尔康一听紫薇招了，重重一叹，脸如死灰，知道命也运也，逃不掉了。不能让紫薇独自承担这个罪名，大家必须面对，死是死，亡是亡。他上前跪下，沉痛地说了：

"皇上！这一切的一切，是从'你是风儿我是沙'开始！我们不能见死不救，不能让两个生死相许的有情人，饮恨紫禁城！所以，闯下了这个大祸！请皇上仔细思量，再来给我们几个定罪！"

永琪见事已至此，也挺身而出了：

"皇阿玛！儿臣只好招了！我们不是背叛皇阿玛，不是欺骗皇阿玛，只是面对一份巨大的爱，深受震撼！看到香妃娘娘徘徊在生死边缘，心有不忍！皇阿玛，恻隐之心，人皆有之！请用您的仁慈，来看这件事！原谅我们吧！"

乾隆听到他们几个全部招了，心痛至极，盯着大家，无法置信地说："还说这不是背叛？不是欺骗？你们简直欺人太甚！你们集体背叛朕！"他对几个人，一个个看过去："朕的儿子、女儿、媳妇、女婿……你们居然串通起来，做下这样瞒天过海的事情！朕的爱妃，你们竟然把她偷渡出宫！你们把朕置于何地？你们的眼睛里还有没有皇阿玛？"他越说越痛，哑声大喊："来人呀！把他们全体拖出去斩了！我今天非杀了他们不可！"

"喳！"

侍卫们一拥而入，但是，面对阿哥和格格，大家迟迟不敢动手。

"等什么？拉下去！通通杀了！"乾隆大喊。

"喳！"侍卫只好过来拉五人。

尔康振臂一呼，把侍卫都震了开去，气势惊人地说：

"不要你们动手！要杀要剐，我们认了！紫薇、小燕子，大家勇敢一点！死有轻于鸿毛，重于泰山！我们为情为义，为天理而死，有什么害怕？正义之下，头可断，血可流！"

小燕子知道自己的脑袋真的保不住了，心里一怕，大叫起来：

"什么'死有红毛绿毛，大山小山'……我还不想死呀！"

太后见情势恶劣，往前一迈，喊道：

"皇帝！还没有把案子审问清楚，不能问斩！先把他们关起来，等到整个案情水落石出，追查出香妃的下落，再杀不迟！"

乾隆被太后提醒了，就喊道：

"通通拉下去，先把他们关到大内监牢里！"

"喳！"侍卫又应着。

小燕子惊天动地地喊了起来：

"皇阿玛！上次紫薇夹手指之后，您亲口说过，无论我们犯了什么天什么祸，都不会把我们再关监牢！您又不守信用了！您是皇帝，怎么可以老是不守信用！君无戏言啊！"

"朕这次不会守信用了！"乾隆怒极地大吼，"你的脑袋，这次朕要定了！明天，第一个就砍了你的脑袋！其他的人，再一个一个办！"

紫薇挣扎回头，还想救小燕子一命，喊道：

"皇阿玛！你不能要小燕子的脑袋，你答应过我，饶她不死！"

乾隆盯着紫薇，恨极地、咬牙切齿地说：

"我答应的时候，以为你是个赤胆忠心的姑娘，现在，你已经变成一个满口谎言，满肚子诡计，行为乖张，不择手段的女子，对这样的女子，朕还有什么信用可言？"

紫薇听到乾隆这样的话，知道父女之情，已经恩断义绝，脸色苍白如纸。

这时，令妃得到消息，气急败坏冲进门，大喊道：

"皇上！手下留情啊！"

"谁都不许再为他们几个说情！他们已经犯下滔天大罪，罪不可赦！"

令妃扑通一声，跪倒在乾隆面前，用手情急地攥着乾隆的衣摆：

"皇上！虎毒不食子！永琪是您的亲生儿子，他的额娘愉妃去世得早，这孩子自幼没有母亲，成长的过程里，多少辛酸！但是，永琪却懂得发愤图强，勤勉好学，长成这么优秀的青年，皇上啊！您怎么不珍惜呢？您忍心囚禁他吗？忍心砍他的头吗？他有任何闪失，您怎么对得起愉妃在天之灵？"

乾隆听到"愉妃"二字，想着那个为自己鞠躬尽瘁的女人，心里一痛，倒退了两步。

令妃就哀恳地抬头看他：

"皇上！请用一颗宽大的心，原谅这些孩子吧！他们确实罪大恶极，但是，在他们心底，也有一片可贵的热情，才会闯下这样的大祸！如果他们都是一些麻木不仁的孩子，只会贪取荣华富贵，他们就懂得明哲保身，不会落到今天这个地步了！"

皇后忍无可忍，一步上前，对令妃说道：

"令妃！你又在这儿信口雌黄，混淆视听，妨碍皇上的判断力！如果他们为香妃娘娘暗度陈仓不算滔天大罪，把香妃娘娘偷出去，也不算滔天大罪，编故事欺骗皇上，也不算滔天大罪，那么，以后，弑父弑君，他们什么事情都做得出来了！"

"就是！"乾隆点头，脸色铁青，"通通拉下去！通通拉下去！"

侍卫就捉住五人，再加一个宝丫头，通通往外拉。宝丫头放声大哭：

"小燕子姐姐！紫薇姐姐！金琐姐姐……救命啊……"

"皇阿玛！"小燕子大喊大叫，"您是个男子汉大丈夫，就把宝丫头放掉，我们五条命还不够您杀吗？那个小孩子对您有什么用？"

太后听了，威严地伸手喊道：

"等一下！"

侍卫停住。太后就看着永琪说：

"皇帝！令妃有一句话是对的！虎毒不食子！永琪是我们皇家的血脉，放掉他！那个小丫头，年纪太小，不懂事，也放掉她！不要让人说，我们大清朝心狠手辣，杀儿子和孩子！其他的人，拉下去！关起来再作定夺！"

永琪骄傲地一抬头，义愤填膺、慷慨赴义地说：

"要死，大家一起死！我宁愿和他们一起坐牢！不用放我了！"

乾隆大怒，指着永琪：

"不放就不放！朕成全你，让你一起死！拉下去！"

尔康急忙给了永琪一瞥，已经无法挽回。令妃也急忙给了永琪一瞥，扼腕叹息。

尔康还想救紫薇，就急促地说：

"紫薇也是皇家血脉，请老佛爷做主，放了她！"

太后高高地抬着头，冷冷地说：

"紫薇这个'血脉'，我可没办法承认！拉下去！"

乾隆一挥手，侍卫们就拉着五个人下去了。小燕子一边被拉走，一边慷慨激昂地唱起歌来："巍巍中华，天下为公，普天同庆，歌我乾隆！幼有所养，老有所终，鳏寡孤独，有我乾隆……"唱了一半，回头大喊："皇阿玛！您真的是这样一个乾隆吗？"

乾隆睁大了眼睛，震撼至极。

小燕子、紫薇、金琐三个人，简直是难姐难妹，就这样，又进了监牢。

这次，小燕子已经豁出去了，不怕了。站在监牢里，昂着头，拍了拍手，说："来来来！都不要怕，也不要哭，我们进监牢，可以说是家常便饭！每隔几个月，就要进一次！这个监牢，我都熟悉了！像是回老家一样！"就低头四面找寻，喊着："老朋友！你们在哪里？我们几个又来了，你们也不出来欢迎欢迎？"

"你在和谁说话？谁是'老朋友'？"金琐莫名其妙地看着小燕子。

"蟑螂和老鼠呀！"

金琐正要席地而坐，急忙跳了起来：

"我好怕蟑螂和老鼠！不要这样说嘛！"

"死都快死了，还怕什么蟑螂老鼠！"小燕子说。

"死了就算了，活着的时候，我就是怕呀！"金锁沮丧地说。

紫薇知道金锁对砍头是充满畏惧的，就用手搂住她，后悔地说：

"金锁……早知道，应该把你送去会宾楼……"

"算了！送去那儿，还是抓到这儿来，你看，连宝丫头都抓进来了！柳青、柳红有没有坐牢，都还不知道！"金锁说。

"我猜，他们逃掉了！"紫薇深思地说。

"为什么？"小燕子问。

"因为他们连宝丫头都抓！一定因为抓不到别人！如果他们抓到了柳青、柳红，今天皇阿玛就会让柳青、柳红出来和我们对质了！"

小燕子点头，眼里立刻闪出希望的光芒：

"唔，说得有理！柳青、柳红逃掉了……那么，说不定他们会来救我们！说不定他们会来劫狱！"

紫薇勉强地笑了一下，拉着两人在墙边坐下，说：

"小燕子！这次，大概没有人可以帮助我们了！上次，我们在宗人府的监牢，五阿哥和尔康都没有入狱，才能顺利劫狱！这次，在大内监牢，五阿哥和尔康，也一起入狱，我们是没有机会了！"

"那……我们死定了？"小燕子睁大眼睛。

"我们凶多吉少了！"紫薇握住小燕子的手，正视着两人，郑重地说，"还有一件事很重要。大家一定要拿定主意！

刚刚，老佛爷说了，要在我们身上，追查出含香的下落。我怕……我们在砍头之前，还会被逼供，就像我那天被夹手指一样！你们注意了，大家已经落到这个地步，无论怎么受苦，都要咬紧牙关，不能再把含香和蒙丹的逃亡路线供出来！”

小燕子怔了怔，点了点头。金琐好害怕，硬着头皮，也点了点头。

紫薇就看着虚空，感动地说：

“我好喜欢尔康说的那几句话！”

“哪几句话？”小燕子问。

“就是‘死有红毛绿毛，大山小山’那几句话！”紫薇微笑起来。

小燕子呆了呆，抬眼也看着虚空，出神地说：“我是小燕子，大概死了不会变成红毛，也不会变成绿毛，我是黑毛！有红毛绿毛的是‘小骗子’……”说着，就猛然跳起身子，哇地大叫起来：“哇！糟了！不好！不好！”

紫薇和金琐被她吓得跳了起来。

“怎么了？怎么了？”

小燕子嚷着：

“我们都死了，谁照顾‘小骗子’呢？”

金琐一屁股坐回地上，说：

“我还没被砍头，先被你吓死！”

小燕子看着金琐，一个激动，就把她紧紧一抱，说：

“我和紫薇，认了这个皇阿玛，才‘横也是死，竖也是死’！金琐，你好倒霉啊！下次，我如果还能逃过一死，我第一件事，就是给你找个婆家，把你嫁掉！再也不让你跟着我们受苦了！"

"我也认了！"金琐含泪而笑，说，"跟着你们进监牢，挨打，等砍头……我也习惯了！万一有一天，平平静静过日子，不知道我会不会觉得不过瘾！"

金琐说着，就脱下自己的背心，去给紫薇披着。

"小姐，你身体单薄，我身体好！不要跟我争了，把我的背心披上！我能够照顾你，也不知道还剩几天。活着的时候，总要好好地活着！"

紫薇好感动，把背心披上，点头说：

"是！不管还能活几天，我们都要'努力'地活着！"

三个姑娘在女监里叹气，尔康和永琪也在男监里叹气。

"你怎么那样笨啊？"尔康对永琪跌脚说，"老佛爷说了饶你一死，你还硬要闯进这个鬼门关！你想想，有你在外面，我们还有一点机会！你可以找晴儿帮帮忙，到太后面前去说情，跟皇上恳切地谈一谈，打听一下柳青、柳红和箫剑的下落……现在，你跟着关进来，有什么好处？"

永琪后悔不迭，说："我也觉得我笨极了！当时那个状况，你们全体要砍头，我怎么能够苟且偷生呢？"他满监牢转，这还是第一次，这个养尊处优的阿哥，进了这种地方。他四面看看，叹口长气："唉！以前，要杀就杀六个，会逼得皇阿玛妥协。看样子，这次我们没有这么好的运气了！怎么办呢？"

尔康抓住他的胳臂，用力地摇了摇：

"听我说！你还有机会！你毕竟是皇上的儿子，皇上不会要你这颗脑袋！就算他真要，老佛爷也不会允许！所以，假若你能够出去，一定要把握机会！出去了才能救我们！"

"怎么救呢？我觉得，这次皇阿玛是真的恨死我们了！尤其对小燕子，他是气大了……他如果砍了小燕子的头，我反正是活不成的！不如大家一起死！"

"我最怕的，还不是砍头。真要能够干干脆脆，一刀头落地，死也罢了！就怕活罪难逃！"他满牢房走来走去，想起紫薇被夹手指的惨状，心有余悸，"五阿哥，我要想办法把你弄出去，你出去以后，尽你的能力，对皇上动之以情！最起码，让他不要折腾几个姑娘家，她们三个，任何一个都经不起夹棍和拷打！唉！我甚至没有机会，教她们一招，万一被逼供的时候，可以捏造一条路线图！我真笨！"

"或者，她们也会应变吧！"永琪没把握地说。

尔康摇摇头，小燕子会吗？恐怕没那个知识。紫薇呢？恐怕没那个心眼。金琐呢？更不擅长撒谎编故事了。

两个男儿对看，真是满腔担心，千般无奈。

"我们一定要想办法出去！"尔康坚定地说，"出去一个是一个！"

第十章

尔康入狱，学士府整个都震动了。

"尔康怎么会闯下这样的大祸？"福晋激动万状地拉着福伦，喊道，"我们赶快进宫去，你去求皇上，我去求令妃！再晚就来不及了！你好歹是几代的忠臣，尔康十七岁就跟在皇上身边，这么多年的君臣感情，还抵不过一个香妃吗？"

"我们走！"福伦脸色惨白，眼中含泪，"我们马上进宫，可是，你心里要有一个准备，听说，令妃娘娘为了他们几个，今天已经跟皇上跪下了，苦苦哀求都没有用！连五阿哥，是皇上的亲生儿子呀，一样关进牢里去了！这次，他们的祸闯得太大了！尔康那么聪明的孩子，怎么这样糊涂啊！"

"自从那个还珠格格进宫，那个紫薇格格进府，我们就没有太平日子了！尔泰远放到西藏，我已经等于丢了一个儿子，再失去尔康，失去紫薇……我的日子怎么过啊？"福晋泪眼看福伦，"你得跟皇上说，失去香妃，还有别的贵妃，失去尔康，就再也没有第二个了！"

"说这种傻话，还有什么意义？你知道吗？皇上已经派了傅恒、鄂敏、葛凤几个，带了好几百人，出阜成门、朝阳门、安定门、永定门，兵分四路去追捕香妃……可是，皇上没有派我去！"

"这代表什么意思？"

"这代表皇上不再信任我，他把我和尔康，视为一体，甚至，会认为我是知情不报！我现在进宫去求情，到底有没有用，我真的没把握！但是……"他痛楚地摇摇头，拉着福晋的手，"走吧！我们进宫去！"

福伦和福晋，连夜进宫，在延禧宫令妃那儿，见到了依旧盛怒的乾隆。

福伦和福晋，一见到乾隆，就双双跪倒了。

"皇上！臣知道尔康这次犯下了滔天大祸，罪不可赦！但是，请看在老臣一生忠心耿耿的分上，饶了尔康一命！"福伦情急地说。

福晋泪流满面，磕着头，真情流露地说：

"皇上！请体念天下父母心啊！这次闯祸的几个人，也有皇上的亲生儿女，尽管痛在心头，恨在心头……他们仍然是自己的骨肉啊！他们受到任何伤害，最痛的还是父母呀！皇上的心，想必跟我们一样，请您网开一面，饶了他们吧！"

"你们还敢求情？"乾隆怒气冲冲地喊，"尔康是朕的御前侍卫，掌管的就是朕和皇宫的安全！他却知法犯法，做出这么荒唐的大事！带坏了永琪和两个格格！朕杀他一百次，也难消心头之恨！你们当父母的，有没有好好地管教儿子？怎么允许他这样胆大妄为？现在，你们还有脸来求情？"

福伦看到乾隆这样震怒，不禁颤抖，激动得无以复加：

"臣罪该万死！不曾把儿子管教好，但是，老臣只有两个儿子，实在受不了丧子之痛！如果皇上一定要处死尔康，不知道可不可以让臣用自己这颗脑袋，换取尔康一命？"

"朕看在你们福家三代的忠贞上，也看在令妃和你们的亲属关系上，才没有把你一起治罪！你再说一句，朕连你一起下狱！依朕看，你和香妃的脱逃，也脱不了关系！"

"皇上请明察！"福伦老泪纵横了，"臣实在一点也不知道，如果知道，怎会让尔康闯下这种砍头的大祸呢？"

令妃忍不住，也含泪跪下了：

"皇上！尔康一向是皇上最喜爱的臣子，这次的罪，虽然重大，不知道可不可以让他戴罪立功呢？"

"皇上！"福晋磕头说，"请给臣妾一点时间，放尔康回家，让臣妾和尔康好好地谈一谈，或者，可以追查出香妃娘娘的逃亡路线！"

"是是是！"福伦拼命点头，"让老臣带领尔康，追回香妃，弥补过错！如果追不回香妃，皇上再杀尔康，也不迟！"

乾隆冷冷地看着福伦：

"你不用多说了，尔康的个性，朕了解！今天，就是用刀搁在他脖子上，他也不会说出香妃的去向的！你不用设法营救他了！犯下这样的大案，他和那两个格格，都必死无疑！再也没有商量的余地了！今天，看在你们父子一场，允许你们探监！想要朕放他出来，门都没有！"

福伦、福晋神色惨变。令妃就拉住乾隆的衣服，痛楚地喊道：

"皇上啊！尔康是你的女婿啊！"

乾隆一拂袖子，暴怒地喊：

"不要再说了！这样的女儿女婿，不如没有！"

令妃不敢再求，看着福伦、福晋说道：

"你们只好去监牢里，劝劝尔康，把香妃娘娘的下落说出来，如果追回了香妃，让他将功折罪吧！"

正说着，侍卫紧紧张张地进房一跪，急促地说：

"启禀皇上，五阿哥在监牢里晕倒了，脸色苍白，口吐白沫！"

乾隆吓了一跳，毕竟父子连心，内心一阵刺痛。令妃早已心惊胆战地喊道：

"五阿哥一向娇贵，哪里受过牢狱之苦！怎么办？怎么办？"

在监牢里，永琪正倒在地上，捧着肚子，大声地呻吟。

"哎哟……哎哟……痛死我了！哎哟……"

尔康在他身旁，凄厉地大喊着：

"你们有没有禀告皇上？五阿哥病势沉重，如果再不宣太医，大概就活不成了！这可不是普通人犯，是皇上的亲生儿子，有丝毫差错，你们一个个全部活不了！"

几个狱卒，围在旁边看，紧张得不得了。

"已经禀告皇上了，五阿哥……你千万撑着点儿……"

正说着，狱官带着福伦、福晋、侍卫、狱卒、太医浩浩荡荡而来。

尔康一眼看到父母，又是惊喜又是惭愧，悲喜交集。一时之间，顾不得永琪了，急忙迎上前去：

"阿玛！额娘！你们怎么来了？"

狱官打开栅门，福伦和福晋就冲了进去。尔康双膝落地，磕下头去：

"儿子向你们请罪！连累阿玛额娘伤心，我实在太不孝了！"

福晋一把抱住尔康的头，泪如雨下。

"尔康！你要杀掉父母吗？你闯下这样的大祸，要让我们两老如何活下去呀？"

"对不起！"尔康惭愧至极，痛楚地说，"额娘、阿玛，大祸已经造成，后悔也晚了！你们赶快派人飞骑到西藏去，把尔泰叫回来……他是西藏驸马，皇上会对他另眼相看的！有他在，你们就不会被我和紫薇连累了！"

永琪在地上呻吟打滚：

"哎哟！哎哟……"

福伦急呼：

"五阿哥！您怎样了？"

太医和狱官已经在检查永琪。尔康急忙过来帮忙，趁机捏了太医一把。太医一愣，心领神会。这位太医已经诊治过紫薇、小燕子好多次，深知乾隆对这几个年轻人爱护备至，到底为何把他们下狱，他可弄不清楚。永琪是五阿哥，无论如何不会有杀身之祸，跟着演这场戏，绝对没错！他就急忙诊治，煞有介事地问：

"这样子有多久了？"

"两个时辰了！"尔康说。

"两个时辰？"太医惊喊，"快拿担架来，抬出去，这个监牢寒气重，五阿哥吃不消！"

"喳！"

狱卒还有些犹豫，福伦急急说道：

"我刚刚从皇上那儿来，皇上听说五阿哥病了，急得不得了！大家好好地把五阿哥抬到景阳宫去，令妃娘娘在那儿等着他！太医，你照顾着！"

"是！"太医恭敬地回答。

狱卒这才急急地去抬担架了。

永琪和尔康，暗暗地握了一下手，交换着彼此的情谊和一切。尔康就低头对永琪说道："五阿哥！出去之后，好好保重！万一没有机会再见，帮我照顾额娘和阿玛！尔康千谢万谢了！"尔康说着，就跪在永琪面前，对他郑重地磕了一个头。

福晋一听尔康这个话，就激动得热泪直流，喊道：

"尔康，求你不要这样说……不会有这种万一，不会不会的！"

永琪凝视尔康，千言万语，尽在不言中：

"哎哟……尔康，你我情如兄弟，放心……大家生死与共……哎哟……"

狱卒抬来担架，手忙脚乱地把永琪放上担架。

"慢慢走，慢慢走！"太医说。

众人就抬着永琪匆匆出去了。

狱官已经得到令妃的关照，看着尔康、福伦和福晋，说：

"福大人和公子，大概要好好地谈一谈，我到外面去等！一盏茶以后，来接二位！"

狱官和狱卒出门去，把牢门仍然牢牢锁上。

福晋一看没人，就握紧了尔康的手，急促地说道：

"尔康，现在唯一的机会，就是你说出香妃的下落，让你阿玛把她找回来！那么，大家说不定都可以没事！你看在父母都已经不再年轻的分上，不要保密了！"

尔康握住父母的手，诚挚地说道：

"阿玛、额娘，请不要勉强我做无情无义的事！如果我会出卖朋友，苟且偷生，我就不会闯下今天的大祸了！"

"我知道，你从小就愿意为朋友两肋插刀！"福伦对尔康摇头，难过已极地说，"但是，今天，赔上去的，是四条人命，你不在乎自己的命，也不在乎紫薇和小燕子的命吗？我刚刚见了皇上，他语气强硬，除了五阿哥，你们几个生机渺茫呀！"

尔康正色地回答：

"事已至此，我也无可奈何了！如果我用香妃来换取我们的生存，紫薇会轻视我的！她宁可死，也不愿意我这样做。小燕子也是！难道我一个男子汉，还不如她们几个弱女子吗？"

福伦见尔康心意已定，势难挽回，就把尔康的手紧紧地一拉，低声说道：

"如果你还有机会走出这个监牢，你就远走高飞吧！不要顾念父母，不要犹疑不决，知道吗？"

尔康不禁一凛。这才体会，父母之爱，真是深沉呀！

男监里的状况，女监里一点也不知道。

三个姑娘蜷缩在一起，彼此给彼此温暖。小燕子闲极无聊，竟然作起诗来。

"昨天笑嘻嘻，今天哭兮兮，管他哭与笑，总归命归西！"

紫薇笑了，给小燕子喝彩：

"好诗！好诗！有点天才！"

小燕子被紫薇一夸，就得意起来。

"作诗有什么难？我一口气可以作好多首！"就摇头晃脑地念，"自从来到漱芳斋，宫门牢门分不开，尽管千岁千千岁，脑袋迟早掉下来！"

"好诗！好诗！"紫薇又说，"视死如归！"

"什么'死乌龟'？还'臭王八'呢！"小燕子马上泄气了，"你骂我呀？"

"我怎么会骂你？"紫薇失笑地说，"作诗还作得蛮像样，碰到成语你就原形毕露了！"

"成语？我决定要学成语了！"

"现在'决定'了！只怕出去之后就忘了！"金琐笑了笑。

"如果这次还能出去，我一定学！"小燕子举手做发誓状，"君子一言，八马难追！再加九个香炉！"

紫薇用手抱着膝，叹了口气，说：

"我最喜欢两句成语，是'勇者不惧'和'无欲则刚'！前面一句说，勇敢的人，什么都不怕！后面一句说，什么都不要的人，就是最刚强的人！希望我们面对死亡的时候，也能做到'勇者不惧'，'无欲则刚'！"

小燕子想了想，缩缩脖子说：

"可是，我没有这么伟大，我怕死，怕痛，怕饿，怕冷，怕没朋友，怕蛇，怕毛毛虫……怕一大堆的东西！我也什么都要，要活着，要快乐，要自由，要享受，要你们……还要永琪！"

狱卒的脚步声，整齐划一的"笃笃"声响起，打破了寂静。金琐惊喊：

"有人来了！有人来了！"

紫薇一颤，警告两人：

"三更半夜，一定不是好事，大家注意了！咬紧秘密！"

狱卒"丁零咣啷"打开门锁。

小燕子就大声喊：

"你们要带我们到哪里去？半夜三更，如果是要找什么'大人'来审问我们，就不必了！我们什么都不知道！"

"紫薇格格，走！"狱卒简单地说。

"只有我一个人吗？"紫薇惊问。

"是！"

小燕子和金琐大惊，上次夹棍的事，记忆犹新，就一边一个，死命拉住紫薇。

"不行不行！这次我一定不让你一个人去！要带，就把我也带去！"金琐喊。

"每次都选紫薇，明知道她的身子最弱，就是欺负她！不去不去！死也不去！"小燕子也跟着喊。

"哪里由得你们？让开！"狱卒把二人重重地一推。

金琐被推倒在地。小燕子跳了起来，一拳打去，喊着：

"反正是死，我跟你们拼了！我是'勇者拼命'，'拼死则刚'！"她一面喊着，一面飞跃起来，拳打脚踢，势如拼命。

"来人呀！来人呀……"狱卒大叫。

侍卫一拥而入。

小燕子豁出去了，夺门而逃，侍卫飞扑而上，大打出手。小燕子手脚并用，外带嘴咬，什么不入流的打法都使出来了，但是，她哪里是众侍卫的对手，没有多久，就被打得趴下了。

紫薇就被狱卒拖走了。金琐大喊：

"小姐！小姐……小姐啊！"

小燕子也直着脖子，惨烈地喊着：

"紫薇！如果你再被夹手指，记住好女不吃眼前亏呀……他们要路线图，就给他们一个……给他们三个四个都可以……"

紫薇就在一片喊声中，被狱卒拉走了。

紫薇并没有被带到什么可怕的地方去，她被带进了御书房。

房内一灯如豆，乾隆背着手，在房间里郁闷地走来走去。

"万岁爷！紫薇格格带到！"

紫薇见到乾隆，双膝一软，就跪了下去。

"皇阿玛!"

乾隆对侍卫挥手说:

"通通下去!"

"喳!"

侍卫全部退出，房里只剩下乾隆和紫薇。

乾隆就站住了，死死地盯着她。

"紫薇，今晚，这房里只有朕和你，朕想和你好好地谈一谈!"

"是!"紫薇忐忑地应着。

"不用跪了! 起来!"

"谢皇阿玛!"紫薇起身，悄眼看乾隆，心里充满了歉疚和不安。

"朕对于香妃的整个故事，仍然糊里糊涂，朕希望你坦白地告诉朕，到底前因后果，是怎么一回事? 你们在这个故事里，到底扮演了怎样的角色? 你从头说起，不许再有半个字的谎言!"

紫薇点了点头。

"好! 我把整个故事，都告诉皇阿玛。"她吸了一口气，开始述说，"尔康和五阿哥，护送娘娘出城那天，曾经和一个回族武士打斗，同时，听到了那个'你是风儿我是沙'的故事。他们回到宫里，把故事告诉了我和小燕子，我们大家，就全体被这个故事感动了，震撼了，几乎是着魔了……"

紫薇就这么开始，述说了这整个漫长的故事，如何在会宾楼和蒙丹不打不相识。如何听到蒙丹和含香七次私奔的情形，深受感动。如何商定替两人传递消息，如何借萨满法师作法，把蒙丹蒙混进宫。如何看到含香死而复生，大家决定铤而走险……她全部都说了。只是，她隐藏了"蒙丹"的名字。只用"回人"代替。至于蒙丹和含香的去向，当然只字不提。

终于，她把整个故事说完了。

"这就是整个的故事！香妃就这样逃走了！"

乾隆一瞬也不瞬地盯着她，一脑的震惊、郁怒和不可思议。

"你们居然两次假借萨满巫师的名义，把那个回人偷运进宫，和香妃私会？这么大胆？"

紫薇俯头不语。

"那个回人，还和朕见过面！"

乾隆眼前闪过蒙丹锐利的眼神，闪过那个驱鬼的画面，闪过小燕子喷水的情形。他气得握紧了拳头，瞪着紫薇，抖着声音说：

"紫薇，你们把朕的尊严放在哪里？这样当着朕的面，一次两次地戏弄朕？你们怎么做得出来？"

"皇阿玛！"紫薇含泪看他，真挚地说，"当香妃娘娘挣扎在生与死之间，当一份强烈而无助的感情震撼着我们的灵魂的时候，我们就把什么都忘了！好像天地万物都很渺小，这个皇宫也很渺小！我承认，我们顾不得皇阿玛的尊严，正像我们顾不得自己的生死一样！"

乾隆恨恨地看着她，咬牙说道：

"皇宫很渺小，皇阿玛也很渺小！伟大的是那个回人和香妃！你只看到那个回人的感情，没有看到朕对香妃的感情吗？"

"我看到了。"紫薇深刻地说，"可是，皇阿玛，感情这回事，好像应该有个先来后到，要不然，人与人的关系，会弄得天下大乱。我们应该有一种'感情道德观'！中国不是自古就有'忠臣不事二君，烈女不更二夫'这句话吗？那个回人，和香妃娘娘从八岁就相知相许了，那份感情，更胜于一个丈夫啊！"

"你胆敢和朕谈'感情道德观'！"乾隆一拍桌子，怒极地说，"你明知道朕对香妃的感情，你完全不顾！利用朕对你们的宠爱，玩弄花样，把宫外的男子，带进宫来和朕的妃子私会，再把妃子掩护出宫，帮她私奔！做出这么多荒谬绝伦的事情来，你还胆敢说什么'道德观'！你的'道德观'在哪里？啊？"

紫薇低下头去，答不出话来。乾隆又一声怒吼：

"那么，那晚，你们在令妃娘娘那儿，说了几百个稀奇古怪的理由，千方百计把朕灌醉，就是为了掩护香妃出宫？"

紫薇轻轻地点了点头。

乾隆思前想后，脸色铁青，瞪着她，重重地点着头：

"好一个孝顺的女儿！好一个明珠格格！好一个还珠格格……朕真是认对了女儿！"

紫薇咬了咬嘴唇，眼泪落下。她痛楚地说：

"对不起，皇阿玛……真的对不起！其实，我一直充满了犯罪感……直到老佛爷赐死含香，带给我的震撼太大了，这才不得不把计划实行！"

乾隆再一吼：

"现在，朕只要你再回答一句话，你们把香妃送到哪里去了？"

紫薇低头不语。

"说！"

"我不能说！就算我说了，那也是骗您的，我不要再骗您，我就是不能说！"她哀恳地看着乾隆，"皇阿玛，您不能原谅他们吗？不能用一颗宽大的心，去接受这件事情吗？如果您肯把自己置身事外去看，这件事其实是很美很美的！"

"置身事外？朕如何置身事外？你们拐走的，是朕的妃子呀！你还敢说这件事很美很美？什么地方很美？我真恨不得把你掐死！"

紫薇看到乾隆如此恨她，恨到咬牙切齿，就难过得说不出话来了。

乾隆愤愤地在室内踱步，喘着大气。然后，一下子停在紫薇面前，紧紧地、死死地、恨恨地看着她。

"香妃去了哪里？你要不要回答朕？"

紫薇轻轻地摇头。

乾隆扬起手来，用手背对着她的脸抽了过去。力道之大，使她跌倒在地。乾隆就瞪着她说道："今天，朕如果不是想到雨荷为朕苦守了十八年，朕一定马上就毙了你！你不配做朕的女儿！朕没有像你这样的女儿！"就大喊："来人呀！带下去关起来！"

紫薇被关回了监牢。

小燕子和金琐急忙扑了过去。

"紫薇！紫薇……你怎样？有没有被夹手指？啊？"小燕子急问。

金琐拉起她的手，就拼命检查手指。

"还好手指没事……你被带到哪里去了？他们打你了吗？用刑了吗？哪里痛？哪里痛？告诉金琐啊！"

紫薇抬起充满伤痛的眼光，看着两人，悲切地说：

"我没有被用刑，你们放心……可是，我的心好痛……皇阿玛，他那样恨我，我好不容易认到的爹，又失去了！"

小燕子把紫薇一抱，含泪说：

"他这样不谅解我们，我们所有做的事，他都不能站在我们这边去想，他和我们是两个国家的人，想法不一样，做法不一样……这样的爹，失去就算了！不要为他心痛了，他恨我们，我也恨他！大家彼此彼此！"

紫薇伸手，紧紧地拥住两人，咽了口气，说：

"我们这次是死定了！皇阿玛……他不会再原谅我们了！让我们勇敢地面对死亡吧！"

"不知道还有没有人能够救我们？不知道尔康和永琪怎样了？他们两个好聪明，说不定已经逃出去了！"小燕子祈求地看着牢房外面，喃喃地说。

是的，永琪已经逃出了牢房。

他被救到景阳宫，装病装了整个一下午。乾隆没有理他，太后没有管他，别人也不过问。到了晚上，才见令妃匆匆忙忙地赶来，屏退了左右，她急促地说：

"永琪，你听我说，福伦和福晋在学士府等你，你马上出宫去见他们，大家商量一下，看看还有没有什么办法。不要走神武门，走西华门，那儿的侍卫，我已经关照好了！你就连夜出宫去吧！"

"不行！"永琪脸色一正，"我装病出来，是为了救大家，我要马上去见皇阿玛！现在，所有的事，都在皇阿玛一念之间！他原谅了大家，就大家没事，他不原谅大家，我就是连夜出宫，也没有用！"说着，就往外走："皇阿玛现在在哪里？延禧宫吗？"

令妃急忙拉住他，着急地说：

"皇上怎么可能原谅大家呢？你们伤透了他的心，让他尊严扫地！失去香妃的痛，失去儿女的痛，已经让他没有理智了！这个时候的皇上，是个受伤的老虎，危险得不得了！"

"他没有失去我们，只要他能够原谅我们，我们依然是他的儿女，会用以后的生命，来为这件事赎罪！我去解释给他听，我去忏悔，我去告诉他整个的前因后果，只要他听了全部的故事，他就会'感动'，会明白我们这样做，是因为我们个个有'正义感'，他不但不该杀我们，还应该以我们为荣！"

"你不要天真了！皇上已经把紫薇叫去，仔细问过了！该说的话，大概紫薇都说了！皇上不但没有'感动'，还越听越气，告诉我说，他最大的错误，就是认了紫薇和小燕子！他咬牙切齿，恨不得把她们两个，立刻杀了！"

永琪大震，瞪着令妃。

"这么说，我更不能一个人出去了！我得留在宫里，和他们共存亡！"

"共什么存亡？"令妃大急，"现在，逃一个是一个！等到皇上气消了，你再回来！"就压低声音，对永琪语重心长地说："宫里有我，还有晴儿！你快走，去找福伦，安排一切。我留在宫里，万不得已的时候，我就和晴儿联手，救出他们几个来！可是，宫外，一定要有人接应，你懂了吗？"

永琪睁大眼睛，看着令妃，明白了。

"我懂了！令妃娘娘，你这么好心，老天一定会报答你！可是，你自己会不会有问题？"

"放心！我好歹有个小阿哥，帮我撑腰，我不怕！皇上再怎么生气，不可能把整条船打沉的！你收拾一点东西，快走！信任我！尔康、小燕子、紫薇……都像我亲生的儿女一样，我不会让他们送命的！"

永琪想想，就毅然地一甩头：

"好！我出去等消息！安排一切！不过，我先要给皇阿玛留一封信，免得你被牵连！"

永琪给乾隆留了一封信，就在令妃的掩护下，匆匆出宫了。

他马不停蹄，直奔学士府。到了学士府，福伦已经在等着他。把他带进了书房，他就惊见柳青和柳红，赫然在座。

"柳青、柳红，你们怎么会在这里？"

柳青奔过来，激动地摇了摇永琪的胳臂，说：

"我们今晚来找尔康，福大人把我们留住，了解了我们和你们的交情，才告诉我们，你们大家出了事！"

福晋急忙上前，说：

"大家长话短说，我们这个学士府，现在已经不是一个安全的地方！只怕皇上会认为这儿是追查香妃的一条线索，派人盯上咱们！"

"目前还不会，因为尔康在牢里！"福伦说，看着永琪，"现在，五阿哥不能待在我这儿，皇上一发现五阿哥跑了，第一个就会查到我们这儿来！所以，你们马上去帽儿胡同，那儿有我的亲信老柯！"他交了一张纸条给永琪："这是地址，到了那儿，自然有人会招呼你们！"

"福大人的意思，我们还是不太明白！"柳红有些困惑。

福伦紧紧地看着大家，压低声音：

"令妃娘娘已经答应我们，在适当时机，把他们四个全部救出来！等到他们救出来了，我会把他们送到帽儿胡同。那儿，已经准备好了马匹、马车、干粮、盘缠、衣服和行李。我知道，柳青、柳红都有一身功夫，你们大家上了马车，就彼此保护，也彼此做伴，亡命天涯吧！"

永琪震动极了，看着福伦和福晋。

"福大人！福晋！你们舍得尔康吗？"

"不舍得又怎样？"福晋眼泪一掉，"总不能眼看他死！他和紫薇，这一场恋爱感天动地，我们做父母的，看在眼里，痛在心里！如果他们还能逃出这次的劫难，我认了！让他们远走高飞吧！五阿哥，你和小燕子也是！那个小燕子不属于皇宫，在宫里，迟早要出事，你们走吧！天涯海角，总有生存的地方！"

永琪怔怔地看着福伦和福晋。柳红问：

"我们都跑了，你们会不会出事呢？"

"我已经派人去西藏，叫回尔泰和塞娅！我想，我有世袭的爵位，是三代的忠臣，皇上再狠心，也不忍心动我！何况，在朝廷里，我还有我的背景！再加上尔泰是西藏驸马……不要紧，你们大家放心，也让尔康放心地走吧！他留在宫里，我才胆战心惊呢！"福伦说。

"福大人，福晋！"柳青就义薄云天地一抱拳，说，"我柳青向你们两位保证，会拼命保护五阿哥和尔康，让他们健康平安！"

"好在，这一走，也不是永远走了，过个一年半载，如果香妃的事件平息了，皇上淡忘了，还是可以回来！"柳红安慰着福晋。

"我们还有一线希望，"永琪说，"说不定皇阿玛会突然想通了，饶了我们！"

"就是！就是！"福晋说，想想，又忧心忡忡了，"如果皇上一直想不通，大家就危险了！不知道令妃娘娘是不是能够把他们救出来？万一救不出来，怎么办？"

福伦看着福晋，怀抱着希望，说：

"我们只好尽人事听天命！你别忘了，在宫里，我们还有一个希望，就是晴儿！"

福晋眼睛一亮：

"是啊！还有晴儿！"

第十一章

　　晴儿确实使出了她的全力，在太后面前，给小燕子等人求情。

　　"老佛爷，请您开恩，跟皇上美言几句，放了他们大家吧！"

　　"你说得多么简单？哪有这样的好事？他们犯下欺君、叛国、包庇、偷渡……种种大罪，每一条都是好几个死罪，怎么可能再有生路？晴儿！你也醒一醒，既然那个尔康和你也没有夫妻缘分，你就不要再去顾念他了！"

　　"夫妻缘分虽然没有，知心朋友还是可遇而不可求。老佛爷……他们犯下的案子，不是正好解除了老佛爷的心腹大患吗？把香妃送走，老佛爷也松了一口气……以后，香妃就再也不会回来迷惑皇上了！何必再去追寻她的下落呢？将错就错，不是很好吗？万一追回来了，皇上又不能自拔，难道老佛爷还要再赐死香妃一次？"

太后一愣，深思起来：

"晴儿说得有理！"

"所以，他们几个，是歪打正着，为老佛爷除害了！"晴儿赶紧再说，"老佛爷，你可不可以看在他们也有'功劳'的分上，放了他们呢？"

太后深深地看着晴儿，似乎要看到她内心深处去。

"晴儿，你对尔康，还是很喜欢的，是不是？"

晴儿眼中含泪，默然不语。

太后就有活动的意思了。

"或者，可以让尔康免于死罪吧！"

晴儿猛然打了一个寒战，急促地喊：

"就让他们一起免于死罪吧！如果他们都死了，尔康一个人活着，对他而言，是生不如死啊！"

太后怔了怔，还来不及说话，外面传来太监大声的通报：

"皇后娘娘到！"

随着通报，皇后带着容嬷嬷急步而入，匆匆请安：

"老佛爷吉祥！"

"这么急匆匆的，有什么事吗？"太后问。

"老佛爷，派到济南去的高庸，回来了！"皇后声音清脆地回答。

太后一震：

"找到什么线索了吗？"

"回老佛爷！"容嬷嬷走到太后身边，神秘地说，"高庸带来了三个人！一个是当年亲手接生紫薇的李婆婆，还有一对老夫妻，是紫薇的舅公和舅婆！"

"人呢？"太后神态一正，眼神专注。

"就在外面等！不知道老佛爷要不要马上传来问话？"皇后问。

"还等什么？马上传进来！"

"是！奴婢这就去带进来！"容嬷嬷立刻走了出去。

晴儿退在一边，惊奇地看着听着。紫薇的舅公舅婆？难道找到了什么破绽不成？她睁大眼睛，惊惧不已。

容嬷嬷带了高庸、李婆婆、舅公、舅婆等人进来。高庸甩袖一跪：

"奴才高庸叩见老佛爷，老佛爷千岁千岁千千岁！这次奴才去济南，寻访了好多人家，总算没有白跑，已经把紫薇格格仅存的亲人和接生的李婆婆都带来了！请老佛爷亲自查问吧！"

太后眼光锐利地看向后面三人。只见那三人，都是一身灰布衣服、满脸风霜，很老实的普通老百姓。这时，早就匍匐于地，从来没有见过这种世面，都吓得簌簌发抖。

"谁是李婆婆？"太后威严地问。

"我是！"李婆婆急忙抬头。

"紫薇是你亲手接生的？事隔十九年，你怎么知道我们说的，是哪一个紫薇？"

"如果是当年住在大明湖边'趵突泉路江家巷五十二号'的夏家，那就没错了！"李婆婆战战兢兢地说。

太后立刻敏捷地接口：

"趵突泉路江家巷五十二号的夏家，你怎么记得这样清楚？"

"因为接生那天，我实在不愿意去！"李婆婆惶恐地说道，"又是下大雪，又是深更半夜，又不是老主顾……我左推右推不想去，可是，来人一出手就是两个银锭子，实在太多了！我从来没有收到过这么多接生费，这才冒着风雪去了！"

太后顿时大震，提高声音，尖锐地问：

"风雪？那紫薇是八月二日生，怎么会有风雪？"

"我没说是八月二日呀，"李婆婆愕然说道，"如果我没记错，那晚刚好是腊八！因为夏家派人来的时候，我们正在喝腊八粥！"就一指那个舅公："夏家派来的人，就是这位！"

太后惊得一个颠蹶，心想，原来紫薇是冬天出生的，这么说，她根本不是皇帝的骨肉！早知这个紫薇身世可疑，看来，根本是个骗局！她整理了一下零乱的思绪，盯着那一对老夫妻，再严肃地问道：

"你们确实是紫薇的舅公、舅婆吗？"

"是是是！"两老拼命点头。

"紫薇的母亲是夏雨荷吗？"

"是！夏雨荷是我的外甥女。当年住在趵突泉路，大家还很亲近，相信紫薇还认得我！后来，雨荷搬到千佛山下面去了，大家就疏远了！"舅公说。

"那么，你们可曾知道，紫薇的生父是谁？"

舅公惭愧地低下头去：

"实在不清楚，雨荷的事情，一直好神秘，没有成亲就

208

有了孩子，生活不是很检点……大家对他们都有看法……雨荷生产那天，夏家一团乱，还是雨荷的娘，求着我去请产婆的！"

"你确定那是十二月八日？"

舅公斩钉截铁地一点头：

"对！癸亥年腊月八日！"

太后又惊得一跳：

"癸亥年？难道不是壬戌年？"

"不是！肯定是癸亥年……"舅公就转头看老妻，不太有把握地问道，"她不是和我们家秋儿同年生的吗？"

"是！"舅婆点头说，"秋儿是我们的孙子，生在秋天，她生在冬天，雨荷那时跟我很接近，还开玩笑地说过，要亲上加亲呢！"

太后整个震住了。

晴儿也吓呆了。

同一时间，乾隆正为了永琪溜走的消息，气得发昏了。

"留书出走？什么叫作留书出走？他不是生病了吗？"

小顺子跪在地上，双手高捧着一封信：

"这是五阿哥留下的信，他从监牢里抬出来的时候，确实病得很厉害，肚子痛得不得了，后来，吃了药，好多了。他说到御花园走走，就一去不回了！"

"岂有此理！早知道，让他死在牢里，不要放他！"

乾隆就一把抢过那封信，拆开来看。小顺子磕了一个头，赶紧起身退出去。

令妃小心翼翼地站在一边，察看着乾隆的神色。

乾隆只见信上写着：

"皇阿玛，请原谅儿子的不孝，在您如此暴怒的时刻，就算我有千言万语，也不知从何说起！我们几个，对皇阿玛的尊重和敬爱，始终如一，天地可表！香妃事件，我们虽然大错特错，但是波涛汹涌的表面，在底层，总有一个撼动的根源！如果皇阿玛有一天找到了那个根源，说不定能够原谅我们的一切！皇阿玛，我再次为我们五个求情，如果皇阿玛饶恕了我们，您将得回四个儿女，我会回来向您负荆请罪！否则，永琪不能独活，就在这儿和您永别了！"

乾隆把信纸一抛，气得暴跳如雷：

"永别了！好！让他消失在外面，永远不要回来！我没有这样不孝的儿子！"

令妃捡起信看了看，婉转地说道：

"皇上！臣妾觉得，五阿哥这封信，纸短情长，让人感动！字里行间，充满了无可奈何！只要皇上原谅了紫薇他们，他就会回来的！否则，他选择和尔康他们大家'同生共死'！皇上，您真的要三思啊！已经失去香妃了，何必再失去这么多儿女呢？悲剧、喜剧，就在皇上一念之间啊！"

"令妃！你不要再帮他们说话了！悲剧、喜剧，不在朕的一念之间，在他们的一念之间！当他们选择了帮助香妃逃亡，他们已经选择了悲剧！在这件事情里，最让朕痛心的，还不只是他们帮助香妃逃亡，还有他们对朕一次又一次地欺骗！朕一问再问，他们咬定香妃变成蝴蝶飞走了……"他越说越气，大吼，"哪有这样的儿女，把朕当成一个白痴来玩弄？"

乾隆如此盛怒，令妃不敢说话，偏偏这时，太后的人到了，甩袖跪倒：

"皇上，老佛爷有请！说是有急事，请万岁爷去一趟慈宁宫！"

片刻以后，紫薇、小燕子、金琐，全部被带到了慈宁宫。

小燕子是乐观的，看到有人来带她们，就惊喜起来。

"一定是皇阿玛想明白了，要放我们了！"

紫薇没有那么乐观，但是，也带着希望：

"皇阿玛是个'性情中人'，只要给他时间，他就会想明白！肯传我们，就是好事，就怕他根本不理我们！"

在慈宁宫门口，她们又惊见尔康被押了过来，更加肯定有好消息了。连金琐都振奋起来，高兴地喊：

"是尔康少爷耶！你们的分析一定对了，皇上也传了尔康少爷，大概真的要释放我们了！"

尔康一看到紫薇等人，也惊喜交集，恍如隔世。

"紫薇！小燕子……你们也来了？"他忘形地奔了过来，贪婪而心痛地看着紫薇，"你怎么样？是不是很冷？有没有受伤？赶快告诉我！"

"赶快进去吧！不要在这儿聊天了！"狱卒不耐烦地打断他们。

小燕子心怀希望，对狱卒一凶，掀眉瞪眼地喊：

"你当心！皇阿玛叫我们过来，是要释放我们！你凶什么凶？睁大眼睛看看清楚，我们到底是格格耶！我们放了之后，头一个拿你开刀！你这个势利小人，你叫什么名字？你说！你说！"

狱卒被小燕子的气势吓住了，连忙赔笑：

"格格不要生气，奴才也是奉命办事呀！各位格格、大爷，请快进去吧！"

紫薇看不到永琪，急忙问：

"五阿哥呢？"

"昨天就出去了！有机会再说！"

大家进了慈宁宫，就呆住了。只见一屋子都是人，乾隆、令妃、太后、皇后、晴儿、容嬷嬷等人都在，个个神情严肃。除了宫里的人，地上还跪了好几个老百姓，正是李婆婆、舅公和舅婆。

太后立刻开口："小燕子，你们几个谁都不要说话！"就看着地上的老百姓问道："哪一个是紫薇，你们认一认！"

"我真的认不出来！当初是个小婴儿！"李婆婆哭丧着脸回答。

舅公、舅婆抬头，仔细看着紫薇、金琐和小燕子。

紫薇等人愕然着，被动地看着那三个风尘仆仆的老人。尔康更是困惑。紫薇看了半晌，忽然认出来了，眼睛一亮，惊喜交集，定睛看去。

舅公、舅婆也认出来了，不由自主，就站了起来。

舅婆向紫薇伸长了手，热情地喊：

"紫薇！你还记得我吗？"

"舅婆！舅公！"紫薇兴奋地喊，"你们不是在济南吗？

怎么会到北京来了？"

舅婆就紧紧地抱住了紫薇，舅公含泪点头，说：

"好多年不见了，紫薇，你长大了！长成一个小美人了！记得你们搬到千佛山下那一年，你才只有九岁，才到我这儿！"用手比着紫薇的身高。

舅婆更是热泪盈眶，一迭连声地说：

"好好好！这么标致的女儿，又进了宫，雨荷可以安心了！"

太后看到这儿，就重重地咳了一声，提高声音问：

"认亲认完了吗？紫薇，这确实是你的舅公、舅婆吗？"

紫薇赶紧放开舅婆，恭敬而困惑地说道：

"是！不知道他们二老，怎么会到北京来？是来找我的吗？是来投奔我的吗？"

尔康觉得情形十分古怪，不禁去看晴儿。晴儿的眼光和尔康一接触，就对尔康着急地摇摇头，表示"情况不妙"，尔康就整个人都绷紧了。

金琐诧异地看着舅公、舅婆，忍不住也上前了一步，屈了屈膝：

"舅爷爷，舅奶奶，你们好！"

"哎哟！这是金琐吧？"舅婆惊讶地喊，"还跟着紫薇呀？真好！真好！"

太后冷冷地说："好了！那么，这个亲戚关系，是没错的了！"就陡然提高了声音，厉声问："紫薇，你家原来住在哪儿？后来搬到哪儿？"

紫薇吓了一跳，赶紧回答：

"原来住在'趵突泉路江家巷五十二号'，后来搬到千佛山下面的梨花镇去了！"

"你是哪年哪月生的？"太后再问。

"我是壬戌八月二日生的！"

太后就大声说：

"李婆婆！你把紫薇的出生年月日，再说一遍！"

"我去接生那天，是癸亥年腊月八日！"李婆婆吓得发抖，颤声说，"但是，不知道是不是这个姑娘。我完全认不出来……"

"夏雨荷有几个女儿？"太后就厉声问舅公。

"雨荷只有这一个女儿！"舅公吓得扑通一声，又跪倒了。

这一下，紫薇明白了。她太震惊了，踉跄后退。顿时之间，脸色惨变。她拼命摇头，看着那三个人，无法置信地说：

"不不不，这是不可能的……我是八月生的，我娘说，那年紫薇花开得特别好，到八月还没谢，所以取名叫紫薇！"

"可是，你确实是癸亥年腊月八日生的！"舅公肯定地说，"是我帮你娘找的接生婆！你小时候并不叫作'紫薇'，大家都叫你'小不点'，因为生下来好小！一直到你六岁，你娘才突然给你改了名字，说是叫起来不好听，这才叫'紫薇'！"

不只紫薇明白了，大家都明白了。小燕子睁大了眼睛，又惊又怒。金琐也是睁大了眼睛，困惑不已。尔康全神贯注，脸色苍白。乾隆满脸的痛楚，满眼的愤恨。

紫薇只觉得天旋地转，好像自己的世界全部粉碎了：

"怎么会这样？我娘不会骗我，她说得清清楚楚，怎么会变成这样？"她混乱地看着舅公、舅婆，"你们肯定吗？我不是壬戌年生的？"

舅公、舅婆异口同声地回答：

"真的！没错！你和我们家秋儿，是同年生的！没错！"

乾隆听到这儿，忍无可忍，往前一迈，痛楚地盯着紫薇，咬牙切齿地说：

"紫薇！你和你娘，设下这么大的一个圈套，把朕骗得团团转！什么苦守十八年，让朕以为你娘是第二个王宝钏！对她充满了歉疚和惭愧，用一颗最真挚的心来接受你……结果，这是一个处心积虑，策划多年的大骗局！你的出生，远在朕离开济南两年以后！你娘，居然是这样诡计多端，满腹阴谋的女子，怪不得有你这样诡计多端、满腹阴谋的女儿！朕真是瞎了眼，才会认了你！"

紫薇被乾隆这几句话，彻底打倒了。她崩溃地摇头，凄然地、结舌地说：

"我娘不是这样的人……她不是……她不是……皇阿玛，您认得她，您了解她……"

乾隆大声一吼，打断了紫薇：

"不要叫朕皇阿玛！朕不是你的'皇阿玛'！"

一直旁观的小燕子，这时再也控制不住自己了，往前一冲，大叫起来：

"皇阿玛！你不要中计！到底这几个人，是怎么跑出来的，谁也弄不清楚！就算他们真的是紫薇的舅公、舅婆，他们已经老了，说不定记错了年份、月份！你不要冤枉了紫薇，再去冤枉紫薇的娘！夏雨荷已经死了，没有办法从地底下爬起来帮自己说话！皇阿玛……"

乾隆指着小燕子，厉声打断：

"你给朕住口！你和紫薇，串通一气，根本从头到尾，是个大骗局，现在东窗事发，还不知羞耻，居然还敢振振有词！什么皇阿玛！朕也不是你的'皇阿玛'！"

金琐看到这样，忍不住痛喊出声了：

"皇上！我跟在太太身边九年，直到太太去世！我用我的生命和一切来发誓，太太是个高贵贤惠的女子，绝不可能像皇上想的那样！她琴棋书画，样样精通，教育小姐，也非常严格……"

"朕不要再听关于雨荷的任何一句话！朕再也不相信那些谎言！把这些跟雨荷有关系的人，通通给朕拉下去！朕不要见到他们，滚！"

便有太监上来，把舅公、舅婆、李婆婆等人拉走了。

紫薇看着乾隆，眼泪夺眶而出，她摇着头，痛楚已极地说道："皇阿玛……这件事我百口莫辩！当不当皇阿玛的女儿，我已经不在乎……但是，我娘的人格操守，不容污蔑！如果我不是你的女儿，我娘怎么会那样说？我已经混乱了……"说着，她情绪大乱，扑通一跪，仰天大叫："娘！你在哪儿？告诉我，这是怎么一回事？告诉我……告诉我……"

"好了！不要再演戏了！"太后铁青着脸，大声说，"我已经看够了你们的戏码！如此欺君大罪，已经罪不可赦，回监牢里去等死吧！"

尔康急冲上前，脸色惨白地喊：

"皇上！请听我说几句话！"

太后一拦，盯着尔康，话中有话地说：

"尔康！今天把你叫过来，就是要你亲耳听见，亲眼看见，你这一年多以来，陷在怎样一个大阴谋里。你以为只有皇上被骗吗？还有两个被骗的人，一个是永琪！一个是你！醒过来吧！尔康，你是皇上忠心的臣子，是我们大家深深喜爱的青年，不要再执迷不悟了！这两个丫头，来历不明，满口谎言，你不要再被骗了！现在，紫薇根本不是格格，那个'指婚'，当然也不算数！只要你醒悟，你还是我们大家的尔康，你所有的罪，一概都可免除！听到没有？"

紫薇听了太后这一篇话，就掉头泪眼看尔康，心碎肠断。她知道"指婚"没有了，尔康只要回头，依然有着锦绣前程，就对尔康匍匐在地，哀声说道：

"尔康！好自为之！紫薇和你永别了……"

尔康看到紫薇如此，听到她这样的话，真是万箭穿心。他比紫薇还要心碎，还要激动。他急奔上前，忘形地跪下，抓住紫薇的胳臂，用力地摇了摇，喊道："永别什么？我和你天上地下，永远在一起，如何永别？"他掉头看乾隆，语气坚定地说："皇上！紫薇对于你，身世很重要，血缘很重要，生辰八字很重要……对于我，什么都不重要！我重视她，爱护她，不因为她是格格，不因为她身上有皇家血脉……只因为，她是世上唯一的紫薇！她是贩夫走卒的女儿也好，她是流氓地痞的女儿也好，她是杀人凶手的女儿也好，她是穷酸乞丐的女儿也好，她依然是我的紫薇！我对她的感情和欣赏，绝不会因为她的身份而有丝毫改变！要我用紫薇来换取生命和荣华富贵，未免太小看我了！"

紫薇抬头，眼光热烈地看着尔康，太感动了，眼神如痴如醉了。

小燕子含泪一笑，忽然拍起手来，大笑说道："尔康！我崇拜你！我帮你鼓掌！有你这么伟大的人，跟我们一起死，我连砍头也不怕了！"就跳得好高，欢呼道："好！大家'要头一颗，要命一条'！"

乾隆震住了。

晴儿热泪盈眶。令妃拭着眼角的泪。

皇后和容嬷嬷对看，也被这种气势震慑住了。

紫薇、小燕子和金锁，又被关回了监牢。

金锁把紫薇一抱，气愤地喊道：

"小姐！你不要相信那个舅公、舅婆，不知道他们是不是被买通了，怎么会睁着眼睛说瞎话！你的生辰八字，太太交代得那么清楚，绝对不会有问题！难道我们不信太太，要信这些不相干的人吗？"

紫薇已经心平气和，眼里漾着幸福的泪光，平静地说："金锁！不要为我抱不平了！我现在一点也不生气。我是哪年哪月生，我是谁的女儿，已经完全不重要了！皇阿玛认不认我，也完全不重要了！我反而谢谢舅公、舅婆，没有他们来做证，我怎么会更深一层地认识尔康呢？"就做梦似的抱着膝盖，把脸颊靠在膝盖上："我觉得好幸福，真是'死而无憾'了！"

小燕子情绪仍然高昂，摇着紫薇：

"紫薇，尔康那个监牢，离我们这个监牢远不远？"

"不知道，应该不远吧！一个是男监，一个是女监。他大概就在那一头！"指指铁栅外面。

"你要做什么？你总不至于，想跟他喊话吧？"金琐看小燕子。

"永琪已经出去了，他一个人在牢里，不是好无聊吗？我确实想跟他喊话！"小燕子就大叫起来，"尔康！尔康！你听得到我吗？听到了，敲一敲铁栅栏，让我们知道！"

隐隐约约，传来有人用东西敲击铁栅的声音。

"他听到了！他真的听得到！"小燕子兴奋地大喊，"尔康！你是我们永远的尔康！你是紫薇永远的尔康！我们为你骄傲！你是英雄！是大侠……紫薇现在有悄悄话要讲给你听，你赶快把耳朵竖起来……"

紫薇含泪带笑地推着小燕子：

"什么悄悄话？他听不见嘛！我嗓门没有你大，喊不出来！"

"悄悄话哪里要用喊的？你试试看呀！"小燕子认真地说。

紫薇就真的闭起眼睛，像祈祷一般，嘴里叽叽咕咕，不知道说些什么。

"尔康！你听到没有？听清楚没有？"小燕子大声喊话。

"我听到了！"尔康的声音传来，"每一句，都清清楚楚！'山无棱，天地合，才敢与君绝'！"

紫薇听到尔康的喊话，忘形地把金琐一抱，欢呼道：

"他听到了！他真的听到了！"

小燕子大乐，跳起身子，又吼又叫：

"哟嗬！万岁！万万岁！"

三个姑娘，就嘻嘻哈哈地大笑起来，彼此抱着又跳又叫。

监牢外，几个狱卒莫名其妙地彼此对看：

"她们死到临头，还高兴些什么？"

狱卒们摇头不解。对这两位"民间格格"，却不能不心生佩服了。

此时此刻的乾隆，真的是五内俱焚，千疮百孔了。各种挫败感，像排山倒海一样地包围着他。太多的意外，太多的打击，使他招架不住了。尤其，当派出去找寻香妃的大臣，纷纷无功而归，他的挫败感，就更加严重了。

"什么？找不到？你们这样兵分几路，还是什么线索都没有？"

几个大臣，诚惶诚恐地站着，你一句，我一句地回答：

"皇上，实在像是大海捞针，一点头绪都没有！"

"因为皇上有令，不得声张是找寻娘娘，所以有所顾忌，查询路人，都不得要领！实在无从追查！"

"皇上，不知道是不是可以画出娘娘的肖像，再去寻访？"

乾隆一拍桌子，恼怒地吼道：

"宫里丢了娘娘，怎么可以到处宣扬？朕已经再三交代过了，只能暗访，不能明察！你们听不懂吗？怎么能够画出肖像公然找寻？你们大家注意了，谁的口风不紧，泄露宫廷机密，朕一定严办！"

众大臣大惊，悚然躬身，惶恐说道：

"臣等不敢宣扬！只是暗访，不曾明查！"

乾隆心烦意乱，抬头看众人：

"你们到底有几分把握？坦白告诉朕，找得到还是找不到？"

"启禀皇上，"傅恒一步出列，恭敬而坦率地说道，"这件任务实在困难重重！中国那么大，山有山路，水有水路，不知道上哪儿去找？只怕我们调兵遣将，劳民伤财，最后还是不得要领！何况，调兵越多，越是不能保密！只要我们去'访'，就很难做到'暗'字！人多口杂，传言一定纷纭，皇上请明示，要怎样做才能十全十美呢？"

乾隆一愣，心灰意冷。沉思片刻，骤然一抬头。

"算了！停止追查！傅恒！"

"臣在！"

乾隆沉痛地宣布：

"香妃娘娘病逝！派人去新疆向阿里和卓报丧，再修建一座香妃墓，这件事到此为止！"

"臣遵旨！"

众臣退下以后，乾隆的心情，跌落到了谷底。思前想后，真是痛定思痛。想到他给过紫薇和小燕子的亲情、袒护、宠爱、信任……如今，全体像是一个大笑话，把他层层包裹，他觉得不能呼吸，不能喘气了。他走到窗前，一拍窗棂，恨极地说：

"没想到，朕一生呼风唤雨，威震四方，最后，却败在几个孩子手里！而且，是朕最心爱、信任的孩子！太可恶了！太可恨了！"

于是，这天，紫薇、小燕子、尔康、金琐四个人，被带进乾清宫的偏殿。乾隆当着太后、皇后、妃嫔和亲近大臣们的面，郑重地宣判了四人的罪刑：

"紫薇和小燕子两个，处心积虑，冒充格格，蒙混进宫！两人在宫里欺上瞒下，犯下一大堆不可原谅的大案！尔康、金琐都是帮凶！罪大恶极！朕宣判紫薇和小燕子死刑！明日午时，斩首示众！"

小燕子和紫薇，两人虽然已有预感，听到乾隆这样郑重宣布，仍然震惊。两人睁大眼睛，傲然挺立。

尔康震动地听着，看了紫薇和小燕子一眼，眼神里透着"生死与共"的坚定。

皇后、太后、令妃，各有各的震动。

乾隆接着说：

"金琐是个丫头，对主人唯命是从，虽不至死，活罪难逃！即日起发配蒙古，处以流刑！尔康身为御前侍卫，竟然助纣为虐！革去所有职位爵位，关入刑部大牢，服刑十五年！"

乾隆说完，妃嫔们大惊，大臣们恻然。福伦就一步上前，匍匐于地，沉痛地喊：

"皇上！请开恩！臣不敢再为尔康多说什么，但是，两位格格在宫里一年多，也曾带给皇上很多欢笑！紫薇格格在微服出巡时，还奋不顾身，为皇上挡刀！今天虽然闯下大祸，罪不至死呀！请皇上明察！"

大臣们就全部下跪请命：

"皇上开恩！皇上开恩！"

令妃实在忍不住，含泪而出：

"皇上！紫薇是不是冒充格格，还有待追查！不能就凭三个老百姓的片面之词，就下了这样的定论！皇上现在在盛怒之下，要斩格格，只怕以后气消了，再后悔就来不及了！皇上！请收回成命，最起码，延后几天再宣判，好不好？"

令妃说着，就跪下了。令妃一跪，就有好多妃嫔，纷纷走了出来，跪在令妃身边。大家异口同声地说：

"我们都为两位格格请命！请皇上开恩！"

乾隆见到众人如此，心里也有许多不忍，只是盛怒难消，忍不住去看小燕子和紫薇。如果两个丫头这时能够痛哭流涕地忏悔一番，乾隆说不定就顺水推舟了。谁知，小燕子往前一冲，大声对乾隆喊：

"砍头就砍头，有什么关系？什么冒充格格，您才冒充我爹呢！早知道您这样不守信用，不懂感情，动不动就要砍人脑袋……我才不要这样的爹！今天，我们已经醒了，不是您错认了女儿，是我和紫薇错认了爹！"

乾隆大震，气得发晕，猛点着头，再看紫薇：

"小燕子的话，朕听到了！紫薇，你还有话要说吗？"

紫薇看了乾隆片刻，傲然地抬着头，清清楚楚地说：

"我为我娘抱屈，您否决了她的人格，您配不上她！"

乾隆一拍桌子，大吼起立：

"宣判完了！立刻执行！谁再说情，一起砍头！"

"皇上！"尔康大声说，"我请求和紫薇、小燕子一起死！"

"皇上！"金琐立刻接着喊，"我也不要去蒙古！我也要砍头！"

乾隆理也不理，掉头而去。

大臣和妃嫔们匍匐在地，大气都不敢出。

太后和皇后面无表情，令妃一脸的惨切。

第十二章

紫薇、小燕子、金琐又被押回监牢去了。

金琐抓着紫薇的手，急促地摇着、喊着：

"为什么皇上要我去蒙古？我不要去蒙古，我要跟你们一起砍头！你们都砍了头，我一个人活着干什么？"

紫薇握紧她的手，安慰着：

"活着还是比死了好，金琐！你要珍惜你的生命！这是我的命令，我的请求！这些年来，我没有好好地为你安排，把你拖累到今天这个地步，为了尔康的事，还让你伤心，我真是对不起你！"

"你为什么要这样说呢？我已经难过得要死，你再这么说，我就要哭了！你们明天就上断头台，我怎么办？小姐，你去求皇上，我要一起死！"

"你命大，还没到死的时候，不要乱闹了！"小燕子嚷，"我和紫薇都死了，你正好帮我们活，将来，到了地下再见面的时候，你好告诉我们，我们到底错过了什么精彩的事！"说着，就伸手摸摸脖子，心里还是很害怕，问紫薇："紫薇，那个刽子手，是不是很干脆？万一我的脖子很硬，一刀砍不断怎么办？如果他左砍一刀，右砍一刀，我不是惨了？"

"不要怕，听说，那些刽子手都很有经验，一刀就会头落地！"紫薇说。

"不知道头落了地，还会不会痛？有没有感觉？那……"小燕子想想，缩缩脖子再问，"头落地的时候，我的魂是跟着头跑，还是跟着身子跑？"

金琐看着二人，听到小燕子这样的对白，再也忍不住，哇的一声，放声痛哭了。

"不要不要，我们怎么会走到这个地步？砍头的砍头，充军的充军，坐牢的坐牢……怎么会弄得这样惨？"

紫薇紧紧地搂着金琐，含泪说："勇敢一点！如果你这样伤心，我也会伤心的！好金琐……"她凝视金琐："我们现在这么狼狈，我想给你准备一点'行装'，都无从准备！"就从脖子上拿下一条金项链来，戴到金琐脖子上："这条项链，是我娘给我的最后一件东西，你拿去做个纪念吧！我再也用不着了。如果碰到困难，好歹可以换点钱用……"又叮嘱着："那个蒙古，路远迢迢，气候干燥，你一路要小心，要为我珍重！"

金琐摸着脖子上的项链，泣不成声了：

"不会的！我不会跟你们分开的……一定还有转机，我不相信我们会这样……"

正说着，忽然有大队狱卒笃笃笃地走来。

"是不是转机已经来了？"金琐满怀希望地喊。

狱卒喝道：

"我们奉旨，立刻带人犯金琐！"

狱卒打开牢门，就拿了一个大木枷，不由分说地套在金琐脖子上，再给金琐戴上脚镣手铐。金琐又惊又怕，挣扎着：

"这是什么东西？我不要！不要……"

狱卒"啪"的一声，给了金琐一耳光。

"不要动！现在，还有你说'不要'的份吗？"

小燕子大怒，像闪电一样快，还给那个狱卒一耳光，吼着："你敢打金琐，我打还你！如果不够，我再给你一下！""啪"的一声，又给了那个狱卒一耳光："反正我明天就砍头了！你尽管去报告皇上，我打了你！让他再多砍我几次头！"

"来人呀！来人呀……"狱卒大喊。

侍卫冲了进来，长剑出鞘。紫薇急忙拉住小燕子说：

"不要跟他们斗了，我们虎落平阳，没办法了！"

小燕子一边去拉扯金琐的脚镣手铐，一边喊："什么'唬了一批羊'？我'打他一批狼'！我活一天斗一天！"就对狱卒吼道："你们给她戴上这个，要干什么？还不赶快取下来？"

"取下来？笑话！"狱卒凶恶地嚷，"这一路上，几个月都取不下来了！"拖着铁链，就把金琐往门外拖去："走！马上出发去蒙古！"

"金琐……"紫薇没料到离别在即，顿时心如刀绞。

金琐大震，就死命地拉住铁栅，惊天动地地哭喊起来：

"不要……不要……小姐！小燕子……救我……让我跟你们在一起……我不要走！我不要跟你们分开，救我呀……"

紫薇伸手去拉金琐，被狱卒用木棍狠狠地一敲，紫薇一痛，手放松，金琐就被狱卒和侍卫们死拖活拉地拉出了牢门。

牢门又咔嚓一声锁上了。

"金琐！爱护自己，保护自己……"紫薇痛哭失声了，"我死了，会在天上陪着你，陪你去蒙古，你不要怕……"

小燕子整个人扑在铁栅上，对那些狱卒大吼大叫：

"你们这些狗东西！如果敢在路上欺侮金琐，我做了鬼，会把你们一个个吃掉，我会剥了你们的皮、吃了你们的肉、喝了你们的血……"

金琐呼天抢地地哭喊着：

"小姐，小燕子……我不能给你们送终了……"

金琐就这样惨烈地哭着，喊着，脚镣手铐"丁零咣啷"地响着，被拖着离去了。

紫薇和小燕子搂抱着，哭倒在地上。

尔康在男监，隐隐约约地听到这一切，知道金琐已经被带走了。他坐在地上，用手抱着头，听着紫薇和小燕子的哭喊声，心跟着她们一起碎了。看着四周阴森的墙壁和铁栅，饶他聪明过人，此时此刻，却完全无计可施。

不知道自己什么时候会被带到刑部去？明天，两个格格就要砍头，柳青、柳红会不会拼死来救？永琪现在在哪儿？应该已经离开皇宫了吧？他东想西想，一直想到晚上。

二更过后，监牢里有了动静，一阵脚步声，连同着火把上的火光，一路传过来。

尔康惊觉地看过去，心中猛地一跳。只见令妃和晴儿在前，后面跟着小邓子、小卓子、明月、彩霞，浩浩荡荡而来。狱卒们恭恭敬敬地打着火把照亮，把监牢照射得如同白昼。令妃一边走过来，一边很威严地说：

"皇上特别关照，几个犯人，虽然犯下大案，毕竟是皇亲国戚，不可怠慢！"

"喳！这儿黑，娘娘和格格好走！"狱卒讨好地应着。

大家来到监牢前面。尔康浑身都绷紧了，喊：

"令妃娘娘！晴儿！"

令妃给了尔康一个别有深意的眼光，大声地说：

"皇上要我来看看你，给你送点冬衣！可见，皇上心里还是待你好！你转到刑部之后，还是要时时刻刻，想着将功折罪才好！"

尔康机警地回答：

"臣福尔康谢皇上恩典！谢令妃娘娘恩典！"

狱卒打开牢门。令妃就对狱卒说道：

"让我和福大爷说几句话，你们避一避！"

"喳！"狱卒把火把插在屋角，纷纷退下。

令妃和晴儿看到狱卒都走了，就紧张地回头看小邓子、小卓子。

小邓子、小卓子立刻冲进牢房，伸手就解尔康的衣纽，把预先准备的一身太监服，七手八脚地给尔康换上。晴儿急急说：

"我长话短说！你穿上太监的服装，就假装是小邓子，和小卓子混出监牢，小邓子代替你在这儿坐牢！这儿的狱卒，我们已经买通了两个，会睁一眼，闭一眼！然后，你就直奔西华门，门外，小桂子驾着马车在那儿等！你上了马车，再等半盏茶时间，看看我们能不能把小燕子和紫薇救出来！如果看不到我们，就不要再等，赶紧去帽儿胡同老柯那儿！五阿哥和柳青、柳红都在那儿等你！"

尔康一面飞快地穿衣服，一面紧张地说：

"你们有把握救出小燕子和紫薇吗？"

"我们会拼命去救，只要不出意外，应该不难！毕竟我们两个，一个代表的是皇上，一个代表的是老佛爷！"令妃急促地说。

尔康好激动，好感激：

"可是……我们逃了，明天东窗事发，你们要怎么办？"

"你就不要为我们操心了，等到东窗事发，我就坦白说，是我放了你们！皇上已经失去了香妃，再失去了你们这样一群子女，他舍不得再失去我了！"令妃说。

"老佛爷也一样，她也舍不得我！"晴儿说。

"万一他们都舍得呢？"尔康觉得不妥，睁大了眼睛。

晴儿潇洒地一笑：

"那就是小燕子的话，'要头一颗，要命一条'了！"

尔康有些迟疑。

"那小邓子冒充了我……岂不是连累了他？"

"不会连累他的，我说了，已经买通两个狱卒，等到你们走了，他就会过来，把小邓子偷偷放了！毕竟，这判了罪的是你，不是小邓子，只要小邓子穿回太监的衣服，走到哪儿都没人会抓他！"

小邓子就对尔康又作揖又跪拜：

"福大爷！你带着两位格格逃命吧！不要管奴才了！奴才有菩萨保佑着呢！"

晴儿就着急地把尔康一推。

"快去吧！时间紧急，我们还要去救紫薇和小燕子！你不要婆婆妈妈了，我有把握，我和令妃娘娘都不会有事！你们离开了皇宫，就赶紧逃走吧！我们大家，后会有期了！"

"那……我们一起去救紫薇和小燕子！她们就在那边！"尔康说着，就往紫薇她们的方向走去。

令妃急推他：

"你先走！走一个是一个！到宫门口去等！万一我们失手，没有救出小燕子她们，你们还有一线希望！明天到法场的时候，还可以孤注一掷！听到没有？"

尔康一颤，明白了。

"我懂了！"就对晴儿、令妃一抱拳，"千言万语，尽在不言中！谢了！"

令妃就故意大声地说：

"小邓子！小卓子！去延禧宫帮我拿一条棉被来，这儿怎么这样冷，不要把福大爷冻病了！"

"喳！"小邓子、小卓子大声回答。

小卓子一拉化装成太监的尔康，两人急步而去。竟然顺利地走出牢门了。

令妃和晴儿，看到尔康走了，就带着明月、彩霞来到女监。

小燕子惊喜交集地扑在铁栅上，不敢相信自己的眼睛：

"令妃娘娘！晴儿！你们怎么来了？还有明月、彩霞啊！"

明月、彩霞手捧着两套衣服和旗头，热泪盈眶地说：

"两位格格，我们奉命来给两位格格梳头，换干净衣服，明天好上路！"

"来人呀！赶快把牢门打开！"令妃命令着。

狱卒赶紧打开牢门。令妃把一个金锭子，塞进狱卒手中：

"让我们娘儿几个，好好地话别一下！"

狱卒机警地收起金锭子，应着"喳"，下去了。

晴儿就紧张地说：

"你们两个，赶快跟明月、彩霞互换衣服！明月、彩霞会在监牢里冒充你们！我们要把你们送出宫去！快！尔康已经在西华门外边等你们！"

"两位格格，赶快！要把握时间呀！"明月就给小燕子解着衣服。

紫薇明白大家来救援了，又是惊喜，又是担心，又是抗拒：

"这样好吗？你们大家怎么办？明月、彩霞冒充我们，怎么会脱身呢？我不要！我不能用她们两个的脑袋，来换我们的脑袋！这种事情，打死我我也不做！"

小燕子就也抗拒起来：

"紫薇不做，我也不做！"

"你们相信我好不好？"令妃急坏了，"如果是用两个人头，换两个人头，我也不会去做的！你们想，守卫那么听话，叫他们出去，他们就会出去吗？我都部署好了！只要你们安全出宫了，狱卒就会把明月、彩霞放出来！明天，皇上追究起来，就说是你们都会妖术，大家莫名其妙不见了！"

"我不懂，我听起来危危险险！"紫薇不安地说。

"拜托！你再拖拖拉拉，天都要亮了！相信我和令妃娘娘吧！"晴儿着急地说。

说话中，明月、彩霞已经手忙脚乱地给两人穿衣服。

"你们把整个计划，最好说清楚，到底你们大家，预备怎样脱困……"

紫薇话没说完，忽然，火把骤然亮了起来。狱卒的声音，故意响亮地传来：

"皇后娘娘千岁千岁千千岁！奴才给皇后娘娘请安！这么晚了，怎么会到这牢里来？哎哟……等奴才照个亮，慢一点！这儿黑！"

"怎么不在牢里看管犯人，全体待在外面干什么？"皇后的声音响起。

令妃、晴儿、紫薇、小燕子、明月、彩霞一听，皇后来了，全体变色。

"完了！走不掉了！"令妃惨然说，"明月、彩霞，赶紧给她们两个换格格装，梳旗头，还好我们都有准备！快快！"

明月、彩霞就急忙穿回自己的宫女装，再跪在紫薇和小燕子身前，为两人换带来的干净衣服。

晴儿故意提高声音，清脆地说：

"紫薇、小燕子！老佛爷特地要明月、彩霞来给你们梳洗一下，换一身干净衣服，毕竟你们也当了一年多的格格，不要走的时候狼狼狈狈！算是老佛爷给你们的恩典了！明月、彩霞！你们好好侍候格格！"

"是！"明月、彩霞慌张地回答，手忙脚乱地服侍着紫薇和小燕子，给两人穿衣服，梳旗头，上发簪。

皇后带着容嬷嬷急步而来。

"哟！这半夜三更，探监的人还不少！"皇后惊讶地说，狐疑地看着大家。

"皇后娘娘吉祥！"令妃只得请安，"臣妾和晴儿，奉皇上和老佛爷的旨意，来送两位格格一程！不知道皇后娘娘，深夜来此，是为了什么？"

晴儿和明月、彩霞也急忙请安。

"皇后娘娘吉祥！"

容嬷嬷看着紫薇和小燕子，满脸得意地说：

"皇上真是仁慈，还要给她们打扮打扮啊？打扮得再漂亮，恐怕脑袋一落地，还是满脸的灰！"

小燕子和紫薇一个对视，知道大势已去，机会错过了。

小燕子这一下，完全豁出去了，就大笑说道：

"紫薇，咱们两个，明天就上断头台了！今天晚上，有冤报冤，有仇报仇！"

小燕子一面说着，一面飞快地冲上前去，"啪"的一声，给了容嬷嬷一个耳光。

皇后急忙一退，大喊：

"来人呀……来人呀……"

皇后还没喊完，小燕子一头对她撞去，把她撞倒在地。小燕子就骑在皇后身上，对她乱打一气。容嬷嬷赶紧扑上来抢救，大喊：

"反了！反了！连皇后娘娘你都敢打……"

"我早就反了！只有一颗脑袋，随你们要砍几次！你叫！你还敢叫！"小燕子一拳挥过去，把容嬷嬷也打倒在地。

侍卫和狱卒慌慌张张奔来。

"怎么了？怎么了？"

侍卫急忙拉起小燕子。容嬷嬷搀着皇后，狼狈地爬了起来。皇后痛得哼哼唉唉。

小燕子看到她们爬起来了，脚下一踢，又把容嬷嬷踢了一个狗吃屎。容嬷嬷一倒，又把皇后冲得扑跌在地。小燕子就拍手大笑道：

"紫薇！我们两个，也算有面子了！明天要死，今天，还有皇后来跟咱们磕头送行！"

皇后爬了起来，恨恨地说：

"死到临头，还要嘴硬！再硬，也只有今晚了！等到你的脑袋跟脖子分了家，看你还用哪个嘴巴去说！"

晴儿记挂着尔康，生怕皇后发现尔康溜了，就对紫薇使了一个眼色，息事宁人地说道：

"小燕子！紫薇！我们已经代表皇上和老佛爷，来送过你们了！你们就不要记恨了，明天，好好地走吧！你们牵挂的，我知道，你们抛不下的，我也知道！我会把今晚的情形，转告皇上！如果今生再也见不到了，让我们期待来生吧！"

令妃眼见功亏一篑，又是惋惜，又是愤恨，就看着皇后说：

"皇后！您特地来一趟，是不是也有告别的话，要告诉紫薇和小燕子呢？"

"哼！"皇后一拂袖子，对狱卒大声喊道，"你们赶快把这个牢门锁上，通通守在门外，这两个妖女会妖术，别让她们变成蝴蝶飞走了，那么，你们个个都是死！"

"喳！喳！喳！喳！"狱卒连忙应着。

容嬷嬷就看着令妃，满腹狐疑地带着一股监督的神色，说道：

"令妃娘娘告别完了吗？要不要奴婢送令妃娘娘回去？"

"我哪里敢劳驾容嬷嬷送我？"令妃知道，营救失败，不敢再轻举妄动了，"晴儿，我们一起，送皇后娘娘回坤宁宫吧！明月、彩霞，你们也回漱芳斋吧！"

明月、彩霞没有救成紫薇和小燕子，心里一痛，泪水滚落，两人便匍匐于地。

"奴婢给两位格格磕头！格格保重！"明月说。

"说不定……到了最后关头，皇上还会刀下留人！格格会大难不死，逢凶化吉！"彩霞说。

紫薇弯腰，扶起二人：

"是！希望永在人间！再见了！你们也要保重啊！"

小燕子急忙交代明月、彩霞：

"你们要好好照顾'小骗子'！不要忘了喂它吃东西，不要忘了给它喝水！万一没办法养，就把它送还给敬事房的小纪子！"

"是！奴婢遵命！"

晴儿紧紧地握了紫薇的手一下，又紧紧地握了小燕子一下。

紫薇就对令妃跪下，磕了一个头。小燕子也跟着跪下，磕头。

"令妃娘娘，一切的一切，紫薇和小燕子感激在心，永远不忘。不管是天上还是人间，我们会祝福着你！"紫薇虔诚地说。

令妃眼泪一掉，心里惨切，哽咽地说："再见了！"就昂头对皇后说道："我们走吧！"

皇后、令妃、晴儿、明月、彩霞就一起去了。明月、彩霞兀自一步一回头。

狱卒把牢门乒乒乓乓关起来，大锁"咔嚓"一声锁上了。

紫薇和小燕子筋疲力尽地滑坐在地上。

尔康在宫门外面，已经等得心急如焚。

小桂子驾着马车，半隐在一棵大树底下。尔康躲在车里，不住地拉开门帘观望。

"看到什么了吗？她们出来了没有？"

"什么都没瞧见！福大爷，我们走吧！不要等了！令妃娘娘说半盏茶的时间，现在已经两盏茶都有了！"小桂子着急地说。

"不！再等一会儿！"尔康固执地说，拼命观望。

宫门口，有太监出出入入，就是没有看到紫薇和小燕子。过了好像几百年那么久，忽然，小卓子出来了，尔康眼睛一亮。

小卓子四面看看，见无人注意，一溜烟地来到马车前。

"小卓子，怎样？"尔康屏息地问，心中已知不妙。

"福大爷！快走！两位格格出不来了！皇后及时赶到监牢，所有的计划全部失败！令妃娘娘说，明天一早，会再求皇上'刀下留人'！要你不要耽误了！快走！"

小卓子说完，就反身奔回宫去。

尔康失望至极，眼睁睁地看着那座皇宫，紫薇和小燕子出不来，怎么办？他心绪已乱，小桂子已经一拉马缰，马车往前奔去。

半个时辰以后，尔康、永琪、柳青、柳红就在帽儿胡同见了面。

四人一见面，恍如隔世。四人的手都紧紧地握在一起。永琪急问：

"小燕子她们……"

"营救失败！"尔康沉痛地说，"我们只有等明天，孤注一掷了！金琐已经动身，充军蒙古！应该是从安定门出去，往西北的方向走了！"

大家紧紧地互视着，眼里，都闪耀着坚定的光芒。

终于，到了这一天。

北京街头，万头攒动，大家争先恐后，要看两位格格的风采。

锣声"当当"地响着。旗帜飘飘。军队带着武器，整齐划一地出现。监斩官严肃地骑着马在前开道。大大的旗子，迎风飘扬，上面写着"斩"字。后面，跟着穿着黄衣的御林军，手拿木棍，拦着街道两边蜂拥而至的人群，不许老百姓接近囚车。

囚车紧跟着出现。两位格格果然站在囚车上，群众不禁大哗。

紫薇穿着大红色的格格装，外加月白色背心，绣着团花蝴蝶。小燕子穿了深红色的格格装，同色长背心，满身描金绣凤。两人都是珠围翠绕，梳着高高的旗头，像帽子似的旗头上，簪着大大的牡丹花。她们虽然戴着脚镣手铐，被铐在囚车的栏杆上，但是，两人衣饰整齐，簪环首饰，一应俱全。看来完全不像两个要去"处死"的人犯，倒像要赴什么盛宴似的。两人都昂着头，临风而立，衣袂飘飘，美得像从图画里走出来的人物。眉尖眼底，没有惊恐，没有悲伤，只有一股视死如归的豪气。

群众看到这样两位格格，就哄然喊叫起来了：

"看啊！看啊！真的是两位格格耶！还珠格格和明珠格格！"

"是咱们的'民间格格'耶！好漂亮的两个格格呀！皇上要把她们砍头呀！"

"这么漂亮的格格，为什么要砍头啊？"

"民间格格没地位嘛，皇上一生气，脑袋就丢了！"

"可是，那个还珠格格去年还和皇上一起游行，到天坛祭天，我们才看过，才一年，怎么就要砍头了？"

"所以说，这'民间格格'，就是倒霉，做错一点事，砍头就砍头！什么时候听说过正牌格格砍头的事？伴君如伴虎呀！"

群众吼着，叫着，议论着。大家越说就越是愤愤不平。挤来挤去，情绪激动。

小燕子勇敢地抬着头。紫薇望着天空，飘然若仙。

小燕子看到这么多人，有些兴奋起来，转头对紫薇说道：

"没想到，有这么多人来看我们死！我们死得好热闹啊！这样子'死'，我觉得也很'气派'了，简直死得'轰轰烈烈'！砍头痛不痛，我也不在乎了！"

"我们勇敢一点，千万不要掉眼泪，知道吗？"紫薇给小燕子打气，"这么多人看着，让我们的演出精彩一些！"

"是！我们唱歌吧！"小燕子就神采飞扬地说。

"好！我们唱'今日天气好晴朗'！"

两人就引吭高歌起来：

"今天天气好晴朗，处处好风光！蝴蝶儿忙啊蜜蜂儿忙，小鸟儿忙着白云也忙！马蹄践得落花香，马蹄践得落花香！眼前骆驼成群过，驼铃响叮当！这也歌唱，那也歌唱，风儿也唱着，水也歌唱！绿野茫茫天苍苍，绿野茫茫天苍苍……"

两人这样一唱，围观群众更是如疯如狂。大家七嘴八舌地喊道：

"看啊！看啊！她们还唱歌呢！她们一点都不怕，好勇敢！好伟大！比男人都强！"

"听说这两个格格都是女中豪杰，爱打抱不平！在宫里做过许多好事！这样的格格要砍头，太没天理了！"

群众就发出一片愤愤不平声。

人群之中，尔康、柳青、柳红、永琪都穿着劲装，脖子上都缠着黑巾，正全神贯注地跟着队伍往前移动，找寻可以下手的时机。

这时，有个妇人忽然排众而出，挤到囚车前面，喊道：

"还珠格格！我们是'翰轩棋社'的受害人，谢谢你为我们除害！"

这个妇人一喊，就有一群人跟着大喊：

"还珠格格千岁千岁千千岁！明珠格格千岁千岁千千岁！"

居然有人匍匐在地，给小燕子和紫薇磕起头来。

群众的呼叫像是具有传染力，就有更多群众呼应：

"饶格格不死！饶格格不死！饶格格不死……"

小燕子和紫薇惊喜互看，简直无法相信。小燕子喊着：

"紫薇，你听！你听，大家都知道我们，大家都不要我们死！"

紫薇震动得一塌糊涂：

"是啊！我太感动了！大概，我们的故事，已经传开了！"

突然，人群中有个老妇人，颤巍巍地奔出来，凄厉地大喊：

"民间格格是我们大家的'格格'，不可以砍头啊！"

紫薇看着小燕子，摇着她：

"那是大杂院的孙婆婆啊！"

小燕子放眼看去，惊呼起来：

"好多大杂院的人……柏奶奶、齐爷爷、魏公公……他们都来了！"

有一个老者，冲到监斩官前面去，大喊：

"我们为格格请命！她们两个是'民间格格'，代表我们民间！请皇上顺应民意！饶格格不死！"

于是，群众就争先恐后地挣开御林军，钻过木棍，蜂拥到马路正中，全部跪下，吼声震天地喊了起来：

"民间格格不可杀！饶格格不死！饶格格不死！饶格格不死……"

监斩官惊愕地看着这一切，震动极了，忍不住回头看了看气势不凡的紫薇和小燕子。真的，这是两位格格呀！难道皇上真忍心处死她们吗？监斩官毅然回头，对身边几个侍卫大声地说：

"赶快回去禀告皇上，看看可不可以'刀下留人'。"

"喳！"侍卫领命，飞骑而去。

"饶格格不死！饶格格不死！饶格格不死……"群众越喊越大声。

紫薇和小燕子就对大家挥起手来：

"谢谢大家！孙婆婆、柏奶奶、齐爷爷……谢谢！"

群众也挥手响应：

"格格吉祥! 格格千岁千岁千千岁!"

紫薇和小燕子感动得热泪盈眶了。

在人群里蓄势待发的尔康、永琪、柳青、柳红四人,都你看我,我看你,面有惊喜之色。这个变化,实在大大地出人意料。尔康就低声说:

"大家先等一等,说不定有转机!"

永琪点头。柳青、柳红都满怀希望地看着小燕子和紫薇。只见小燕子和紫薇疯狂地对群众挥着帕子,喊着:"谢谢大家! 谢谢大家!"脚镣手铐跟着"丁零哐啷"响。两人眼中含泪,嘴边带笑,一副视死如归的样子。尔康和永琪看着这样的两位格格,想到她们就是自己的心上人,就觉得无比地骄傲和感动起来。在此情此景下,生或是死,都微不足道了。

同一时间,乾清宫里,所有的妃嫔、阿哥和格格,都聚集在乾隆面前,有的要为紫薇和小燕子,做最后的努力,有的要阻止乾隆变卦,各有私心。

令妃抓着乾隆的手,急切地滑跪于地,仰视乾隆,痛喊着:

"皇上! 您赶快收回成命吧! 饶两位格格不死,再不下令,就晚了呀!"

皇后往前一迈,威严地说:

"皇上的命令,怎么可以出尔反尔? 这两个丫头,根本不是格格,把整个皇宫,当成她们的马戏班! 戏弄皇上于股掌之间,无视老佛爷和皇上的存在! 调兵遣将,密谋叛变! 这样的大罪,死有余辜!"

"皇后的话很对！"太后就接口说，"这两个丫头，闯下的大祸，数都数不清！以前还怜恤她们有皇室血脉，网开一面。现在，发现连皇室血脉，都是一个阴谋诡计，这样的'格格'，留下活口，必有后患！"

晴儿急切上前，跪倒，哀声喊：

"皇上！想想小燕子的天真烂漫，想想紫薇的温柔可人！即使她们没有皇室血脉，她们也是两个花样年华的姑娘！她们也有父母亲人，皇上，您怎么忍心置她们于死地呢？求求皇上，问问您的心！人死不能复生，现在已经到了最后关头，请赶快下令，刀下留人吧！"

六阿哥永瑢才十七岁，也上前，跪倒求情：

"皇阿玛！我代表所有的阿哥和格格，为两位姐姐请命！两位姐姐来自民间，皇阿玛收为义女，已经是街头巷尾的美谈！她们两个，代表皇上对人民的爱护！现在忽然斩首示众，皇阿玛不怕天下人不平吗？何况，两位姐姐亲切和蔼，待人宽厚。平常，让皇宫里的人都笑口常开，给我们众多弟妹带来好多温馨和快乐！请皇阿玛收回成命，饶她们不死！"

永瑢一跪，十二阿哥永璂，就跟着跪下了：

"皇阿玛！我们喜欢小燕子姐姐和紫薇姐姐，请您不要杀了他们！"

皇后看到自己的亲生儿子永璂也跪下了，大震，惊喊：

"永璂，连你也为她们两个请命？"

永璂就对皇后磕下头去，哀恳地说：

"皇额娘！请您劝劝皇阿玛！"

于是，所有妃嫔和阿哥、格格，都跪下了：

"皇上／皇阿玛！请'刀下留人'！"

乾隆惊看众人。怎么？紫薇和小燕子，在宫里竟然有这么多拥护者？他被撼动了，不敢相信地问：

"你们都为她们请命？"

令妃就急忙喊道：

"皇上！看看大家的心意吧！如果两位格格，果真罪大恶极，怎么会让所有弟妹和宫中嫔妃，个个喜欢？今天，杀了两个格格，会让许多人伤心啊！皇上，臣妾就不相信，皇上您……不会伤心吗？"

乾隆恻然心动了，脸上，浮起不忍之色。

正在这时，数位侍卫匆匆进门，急急跪倒：

"启禀皇上！吴大人带着斩首队伍，还没走到法场，已经被老百姓围得水泄不通，老百姓全体在大喊，要皇上饶格格不死！"

乾隆吓了一跳，众人也大惊。乾隆惊喊：

"有这等事？"

"吴大人请示皇上，是不是可以刀下留人？"侍卫问。

乾隆在震惊之中，犹豫起来。小燕子和紫薇的诸多好处，在他眼前一一闪过。本来，斩首就有几分"虚张声势"，现在，正好"见风转舵"。乾隆心念已动，实在不忍杀紫薇和小燕子。心软了，叹了口气：

"唉，朕下令，尊重民意……"

乾隆话没说完，又有狱卒们气急败坏地冲了进来，跪了一地：

"启禀皇上，奴才们罪该万死！人犯福尔康昨晚离奇不见了！"

乾隆大惊，喝道：

"什么叫作'离奇不见'？"

"昨晚还在牢里，今天不见了，牢里什么人都没有，福大爷凭空消失了！"

乾隆大怒，一拍桌子：

"混账！朕要摘了你们的脑袋！犯人怎么可能'凭空消失'？"

狱卒一听要摘脑袋，顿时簌簌发抖，慌张地辩道：

"万岁爷饶命啊！想那香妃娘娘会变蝴蝶飞走，福大爷也可能变成蝴蝶飞走了！"

狱卒一句话，触动乾隆最深最深的痛，顿时脸色惨变，喘气掉头，对侍卫大声说：

"你们马上去告诉监斩官，两个丫头立即处死！杀无赦！"

第三册完，待续第四册《浪迹天涯》

（京权）图字：01-2025-0195

图书在版编目（CIP）数据

还珠格格 . 第二部 . 3，悲喜重重 / 琼瑶著 . -- 北京：作家出版社，2025.1. --（琼瑶作品大全集）. -- ISBN 978-7-5212-3236-3

Ⅰ . I247.5

中国国家版本馆 CIP 数据核字第 2025V0S226 号

版权所有 © 琼瑶

本书版权经由可人娱乐国际有限公司授权作家出版社出版简体中文版
非经书面同意，不得以任何形式任意重制、转载。

还珠格格 第二部 3 悲喜重重（琼瑶作品大全集）

作　　者：琼 瑶
责任编辑：桑 桑 晓 寒
装帧设计：棱角视觉 纸方程·于文妍
责任印制：李大庆 金志宏
出版发行：作家出版社有限公司
社　　址：北京农展馆南里 10 号　　邮　　编：100125
电话传真：86 - 10 - 65067186（发行中心）
　　　　　86 - 10 - 65004079（总编室）
E - mail: zuojia@zuojia.net.cn
http://www.zuojiachubanshe.com
印　　刷：唐山玺诚印务有限公司
成品尺寸：142 × 210
字　　数：160 千
印　　张：7.75
版　　次：2025 年 1 月第 1 版
印　　次：2025 年 1 月第 1 次印刷
ISBN 978 - 7 - 5212 - 3236 - 3
定　　价：2754.00 元（全 71 册）

作家版图书，版权所有，侵权必究。
作家版图书，印装错误可随时退换。

品 琼 瑶 经 典

忆 匆 匆 那 年

琼 瑶 作 品 大 全 集